JN166882
エンバーミング
マジック
青春を殺す魔法
2
茶辛子
イラスト カラスロ

「そう、そう、なるほど……」
んにぃ〜

猫の鳴き声に頷くヒバナ。
なんだかシュールな光景だ。
一匹の話が終われば窓から去っていき、
次の猫が現れ……
将軍の下に参った大名一人一人の拝謁を
受けているような風だった。

「私、はじめて文化祭実行委員入ってて良かったと思ったわ」
「確かに、良かったです」

「根性オオ――ッ!!」

「根性――ッ!」

『やるよ。

……音楽バカってのは、
音楽するってこと』

家《いえ》入《いり》ヒバナ

「家入ナギ」と名を偽る抑圧美少女。猫の魔法使い。前回の事件により意識が変化し、気分屋で表情豊かな面が強まっている。文化祭期間はちょっと憂鬱ぎみ。

好きなもの・ウィンドウショッピング、抱き枕、魔法

嫌いなもの・甘味、一致団結、冷静ではないこと

斬《きり》桐《とう》シズキ

高校生兼、魔物殺しの破壊魔法使い。冷静かつ飄々とした性格。人当たりがよく協調を好む性格ゆえに他人に使われがち。魔法に対しては複雑な感情を向けている。

好きなもの・冗談、皆で何かに取り組むこと、猫

嫌いなもの・血、重苦しいもの、魔法

初《うい》鐘《がね》ノベル

テンション高めの恋する乙女。明るく元気、距離感近めの親しみやすい性格により年間数十人に告白される恋愛強者。現在は「カツ委員長」にお熱。月山がるの親友。

好きなもの・友達、真面目で安心感のある人、寝る前の通話
嫌いなもの・勉強、物語全般（泣いちゃうから）、不安にしてくるもの

勝《かつ》道《みち》カツヒサ

熱い魂の熱血委員長。通称「カツ委員長」。一人一人に向き合うリーダーシップを持つ反面、倫理観に欠ける側面がある。清濁併せ呑む、底知れぬ挑戦的リーダー。

好きなもの・甲子園観戦、音楽ライブ、努力

嫌いなもの・他人を冷やかし馬鹿にする人、親、冷たいうどん

月《つき》山《やま》がる

気だるげマイペースなダウナーギャル。誰にでも優しいが人の話は聞いてない。プロレベルのドラマーでもあり、演奏時にはナルシストな一面も。初鐘ノベルの親友。

好きなもの・ドラム、ゲーム、棒状のものならなんでも

嫌いなもの・勉強、上下関係、やる気があるように振る舞うこと

エンバーミング・マジック2
青春を殺す魔法

茶辛子

MF文庫J

口絵・本文イラスト●カラスロ

熱狂している間、酔っている間、そして恋している間。人間がそういう状態である時、師曰《いわ》く、純然と『生きている』ができるという。

もちろん「師」とは、今日もタンクトップで酒瓶振り回す忘却の魔女、千歌二絵《ちかにかい》のことである。

1

今日も魔物の返り血を浴びた。手の甲についた粘性のある血を拭う。暗い地下線路、オレンジ色に照らされた砂利から慣れ親しんだ血液の匂いがした。

僕は今日も今日とて魔物を狩っていた。

線路を歩き、魔物の遺体の傍らにしゃがんだ。それからミコさんから貰《もら》った瓢箪《ひょうたん》形の容器を遺体に近付けた。

この瓢箪形の容器は魔物の破片を回収する魔道具である。半透明の紫が魔物の遺体から流れ出て容器に収まっていく。この容器を満たせば目的達成だ。

すると、後ろから砂利の音がした。

「まだいるのか……」

薄暗い闇の中にゾンビのような赤い瞳が見えた。魔物だ。

魔物の形は四足獣、体高は僕の腰ほど。対するは僕一人。

魔物が飛び掛かってくる。前足を大きく上げた最短距離の跳躍。僕は身をかがめ、素早く魔物の下へとスライディング。太ももが擦れ、石が飛び散り、頭上に魔物の腹がくる。魔物は慌てたように僕を視線で追うもその爪は届かない。僕は魔物の腹部に手を当てて『破壊』を行使した。

体を起こして振り返ると、哀れな魔物は弾《はじ》けて血だまりになっていた。一応回収しておこう、と瓢箪《ひょうたん》形の容器に今の被害者も詰めていくことにした。

これで、容器には魔物四体分が詰まった。

今日のお仕事は「魔物がちょっと多いのでー、二体ほどさくっと殺《や》ってくださいー」とミコさんに依頼されたものだ。

だが実際は四体分。さらに今週三回目である。今週だけで二桁の魔物を仕留めている。魔物が多いどころではない異常事態である。ため息が出た。

そろそろ帰ろうと『転移魔法《ポータル》』へ向かった。

もう一つ、ため息が出た。今日と明日、学校ではテストが返却される。本来なら授業がないことに喜ぶべきだが、今日返却されたテストの点数は悪かった。

成績不振の原因はわかっている。ナギさん……もといヒバナの猫化の一件からサクラとの一戦まで、勉強に意識が一切向いていなかったためだ。『苗の魔法』による全身蔦《つた》巻きで重要な授業を休んだのも痛く、全教科いつもより平均一〇点は低いだろう。しかも明日は進路希望調査票の提出日なのに何も書いていない。

「……はぁ」

頭が痛くなってきた。

考えていることと、僕の行動の乖離《かいり》で。

2

「戻りました」

青白い光から踏み出ると廃駅の水路から竦《すく》むような冷風が流れ込む。ビニルシートの上には水が滴り、レンガすら寒々しく見える。冬らしさの増した、いつもの廃駅の光景だった。

「んぁー？　あーシズキィ～おかいり～」

千歌《ちか》さんが声をかけてきた。彼女は見ていて寒くなるようなタンクトップにショートパンツ姿のまま、ビールケースの上に座り、紙が広げられた石のテーブルに向き合っていた。

「シズキでこの点数って、最近のテストってむじーんだなぁ。アタシも昔はこんなん三秒で解けたのに老いたもんだ……」

テーブルの上に広げられていたのは僕のテスト答案用紙だった。千歌《ちか》さんは返却されたテストを手に取り広げ、新聞を見るオジサンのように紙を遠ざけながらじっくり観賞していた。

「なに勝手に見てるんですか」

「見られても恥ずかしくない点数を取るべきですよー？　あっ破片貰《もら》いますねー」

「うわ急に出た」

僕の背後から鬼灯《ほおずき》ミコさんが飛び出た。低い背に魔女帽子を載せた彼女は今日も道化めいたニコニコ笑顔。彼女に瓢箪《ひょうたん》形の容器を手渡した。

「そういえばミコさん、魔物多くないですか？」

川に向かって歩き出す。手を洗い流すついでの雑談のつもりだったが、ミコさんの気配がやや厳しくなった。

「……やっぱりそう感じますー？　チッ。気のせいじゃないですか？」

「今舌打ちしました？」

じゃぶじゃぶと川に手を突っ込む。冬の水が指の末端を刺すように冷やし、透明な水に血の赤が薄く溶けていった。

「ミコぉ、どうせシズキに頼むしかないんだろ？　大人しく頭下げて泣きつくんだな、もしくはお得意の嘘《うそ》っぽい笑いで」

「ミコは本当に大切な時にヘラヘラ笑う人が一番嫌いなんですよー」

　廃駅に千歌さんの含み笑いとミコさんのトゲトゲしい声が響く。今日も二人は仲が良いようである。

「はぁ〰〰……シズキくん、ちょーっとお話があるんですけれどー。……重めのお仕事の依頼がありましてー」

「はい」

　手を振って水滴を落とし、振り返るとミコさんは舌打ちの残る顔であった。基本的に笑顔の仮面だけは外さない現代社会のピエロみたいなミコさんだが、今は相当困っているらしい。

「先に対価のお話なんですけれど、魔法籍、が妥当だと思うんですー」

「へ？」

「魔法籍ですよー。ヒバナちゃん、どうするんですかー？　このまま魔法籍ないと不安ですよねー」

　魔法籍。魔法協会で管理される、魔法使いの全体数やその他情報を管理する、文字通りの戸籍のようなものだ。これがない魔法使いは医療費や保険を中心に不利を背負う他、違法な『魔法憑き《アンナチユラル》』として処理されてしまう場合もある。

「魔法に関する仕事だとかー、魔法犯罪だとかー、ヒバナちゃんが大怪我《おおけが》して院で遡行魔法かけてもらった時の費用だとかー、正式な魔法使いとして認められてないと困りますよねー？　ただでさえ魔法使いは魔力の肉体的に普通の病院なんか行けないんですからー、いざという時困りますよねー？」

魔法使いは魔力の体を持つため、普通の医療は効き目が薄い。一般人と同じ手術を受ければ執刀医師を魔力で汚染してしまうこともあるため、面倒事が多いのだ。そういった諸々《もろもろ》を避けるために魔法籍と魔法協会による管理が存在する。

「いざという時、って言葉ズルいですよね。否定のしようがないです」

「しょせん、高校生ですから書類まわりの大切さなんて知らないでしょうけどー」

「最初の四文字要ります？」

しかし、報酬がヒバナの『魔法籍』だとは驚きだ。魔法籍を用意するには僕が魔法をかけた経緯を隠さなければならない。『魔法使いは、他者に対して魔法を行使してはならない』というルールがあるためだ。

つまり、犯罪に片足突っ込んだ代物をミコさんは用意すると言っている。

「そりゃ、願ってもない話ですが。いつまでも千歌《ちか》さんや『店主』に頼るわけにもいきませんし」

「ですよねー。じゃあ今回のお仕事の対価はヒバナちゃんの魔法籍を偽造するってことでー、それでですねー、お仕事の依頼なんですけどー……」

ミコさんにしては歯切れ悪く、困ったように言葉を紡いだ。

「……とりあえず真宿《しんじゅく》に来てもらえますー？　ヒバナちゃんと一緒にー」

3

真宿駅。一日の利用者数は約三〇〇万人とも言われ、ギネスにも登録されたという超巨大ターミナル駅。真宿駅西口側は副都心と呼ばれ、高層ビルの立つオフィス街だ。端折《はしょ》っていえばランチが二五〇〇円するような場所である。

ただし僕とヒバナがミコさんに呼ばれたのは西口でなく東口。日本最大の歓楽街『傾奇《かぶき》町《ちょう》』が広がる方面である。『傾奇町』は近年浄化されつつあるが、未《いま》だキャッチと風俗斡《あっ》旋《せん》の店が建ち並び、定期的にビルの屋上から人が借金苦で飛び降りる夜の街である。できるだけお近づきになりたくない。

ともかく、治安が悪くて物騒な場所に僕とヒバナは呼ばれた。

一一月上旬の冷たい風がコートを激しく叩《たた》き付ける。巨大交差点の奥、電気屋のモニターは午後六時のニュースを映していた。

「寒波の影響で、例年より冷え込む週となるでしょう。お出かけの際には……」

夜空に浮かぶニュースを聞きながら、手元のスマートフォンの画面をタップした。ヒバナとの連絡が上手《うま》くとれていないのだ。平日夜とは思えぬ人の多さ、交差点を歩く人々の肩もぶつかる密度に僕は困り果てていた。

真宿駅《しんじゆく》は、アリの巣である。

人と人とが密集する迷宮である。

土地勘のない僕とヒバナは、一時間合流できていなかった。

「あっ！　ヒバナー！　こっちー！」

「……！　やぁーっと見つけたわ！」

数十分後。ヒバナを見つけ手を振ると、彼女は慌てたように僕の方へ駆けてきた。

彼女の姿を見つけた瞬間、僕は柄にもなく小躍りしたい思いに駆られた。

「もう、一生会えないかと思いました」

ヒバナは僕の隣まで来て白い息を吐いた。細くすらっとした体はベージュのコートに包まれ、覗《のぞ》いた白い肌は寒さのためか赤みを帯びていて、特に赤く膨らんだ頬《ほお》は童女めいた可愛《かわい》らしさを増していた。

「本当にっ！　混みすぎ！」

しかしヒバナはキレていた。頬が赤いのは怒っているせいかもしれない。

「あぁ、遅れてごめんなさい。言い訳に聞こえるかもしれないけれど、駅が複雑すぎるし、人が多すぎるのが悪いのよ……。ねぇ、この駅で待ち合わせするのって……愚かじゃない？」

「僕もそう思います。これからはやめましょう」

「そもそもっ、転移魔法で来るんじゃダメだったの？」

「ここら辺は地下までぎちぎちに開発されてるので難しいですね。ミコさんの転移魔法は魔力汚染が激しいので、人の入りこまない地下にしか設置できないんです」

待ち合わせを真宿駅にしたのは失敗だった。圧倒的なスーツの群れの前で僕らは無力なのだ。出口番号があるからと舐《な》めていた……真宿駅で待ち合わせをしてはいけない。できればここで乗り換えもしたくない。

そう僕は心に刻み、ヒバナの冷えた手を掴《つか》んだ。

「そろそろ行きましょうか」

「あっ……」

指を絡ませるようにヒバナの手を包むと、彼女は小さく声を上げた。

「はぐれないようにしないといけないので。他意はないですよ」

「そう、ね。はぐれないように、ね」

我ながら白々しいやり取りだったが、彼女の方からも指を絡ませてきた。彼女の手のぬくもりに、つい頬が緩んだ。

「……手を繋《つな》いでいる場合じゃない場所な気がするわ」

ヒバナは言った。目の前には、実に傾奇町《かぶきちょう》らしい光景が広がっていた。

アーチの奥ではスーツ姿の男性が女性に絡んだのか口汚くモメている。両脇を雑居ビルに固められた通路には点々とゴミ袋やチラシが落ちており、道の脇には金髪の目つきの悪い男がスマートフォンを手に周囲を睨《にら》んでいた。反対側に占い師らしいヒョウ柄の怪しいオバサン。五〇代ほどの男の周囲に女性が三人、スパンコールのドレスの女性が腕を取り合っている。

確かなのは、右を見ても左を見ても人間の三大欲求を抽出したような光景が広がっているということだった。

「……やっぱ帰ります？」

もう嫌になってきた。近くの交差点を風俗斡旋《あっせん》の車が爆音で通り抜けた。

「ふふっ、傾奇町なんて、ゲームやドラマでしか見たこと無かったけれど、こんなに『いかにも』な感じなのね」

なぜかヒバナは少し楽しそうで、黄ばんだ通路の上でステップするように前に出た。

「どうして急に豪胆になるんでしょう」

「こういう知らない場所ってワクワクしない？」

風俗嬢らしき若い女性が絶望に満ちた顔で生気なく歩いていた。パッと見では楽しそうな場所だが、実態を知ったらがっかりするんじゃないかなぁ。魔法と同じで。

「さ、行きましょ？」

ヒバナは相変わらず上機嫌で、彼女を守るナイト気分で僕はヒバナの前に立って進むことにした。

周囲をやたら警戒するようにキョロキョロ視線を動かしながら歩くと、すれ違ったピンク髪の女性に笑われ、その隣の男にも笑われた。馬鹿にされた気がする。

やや気が抜けながらも進む。普通のカフェや新しく入ったらしい商業ビルと向き合うように「新人生だし♡」の露骨な風俗店の看板が並んでいる。異様な光景だ。

それからしばらく、何で濡《ぬ》れているのかもわからない白い液体の散ったコンクリートの道を歩み、風俗店と合法マッサージ店の合間の通路を進み、いかがわしさを増す街の深部まで辿《たど》り着《つ》いた。ヒバナが楽しそうに周囲をきょろきょろ見渡していることだけが僕にとっての安らぎだった。

すると、ある曲がり角の奥のシャッターの並ぶ道で明るい光が飛び交うのが見えた。

花火にも見える光と喧騒《けんそう》。ただのヤンキーの遊びかと思ったが……。

その青白い光が魔法だと気が付いた。

「ヒバナ、ここで待っていて」

「魔法です、こんな地上で使うなんてあり得ない。何か嫌な予感がする」

「急にどうしたの？」

慎重に進むと、曲がり角の先はやや寂れた通路だった。アクセサリーショップやチケット屋の看板が並ぶがどれもシャッターが下りている。タイルの床にタバコが転がり、捨てられた瓶が散乱している中で若者が遊んでいた。

数人の若者は誰も彼も、魔法を放っていたのだ。

「おらっ、死ね！」

「マジで死ぬって！　おい馬鹿っ、ギャハハっ」

男たちは指先から炎や氷を出したりしている。ダンボールについた炎や足下の凍り付くタイルから魔力を強く感じた。

「なんだ、これ……」

シャッター街の中央で若者たちが魔法で決闘している。

刈り上げにタンクトップのイケ男が炎魔法を操り、マッシュヘアーにピアスのスカした男が氷魔法を操っている。周囲には下品に囃《はや》し立てる若者が五、六人たむろし、年齢は下が中学生ぐらい、上は大学生ぐらいに見える若者たちがいた。

「何をしているんですか!?」

つい大きな声で割って入ると、あ？　という声と共に近くにいた茶髪の男に睨《にら》まれた。

視線を外さない強気な彼らの目に気圧《けお》される。

「誰？　てか危ないよ。バケモンなっちゃうかも笑」

「魔法ですよね、これ。やめましょう。何やってるんですか本当に」

「おー、お前も魔法使いなん？」

男はへらへらと笑った。

「見てわかるでしょ、決闘だよ決闘。おい、スギ！　なんか魔法使い来たんだけど笑」

茶髪の男が笑いながら男たちに笑いかけると、中央で決闘していた男たちも止まり僕に視線が集まった。炎を操る男が僕を見て卑しく笑った。

「あ？　んだこいつ、白髪じゃん。おじいちゃん笑？　似合ってないよ、生きてて恥ずかしくないの？」

「地毛なんで。で、何やってるんですか」

「決闘だって。耳悪い？」

へらへらと、薄く小馬鹿にした笑いが広がる。お互いがお互いに顔を見合わせ、調子を合わせるように肩で揺れている。

「あのですね、魔法は危ない力です。こんな場所で使ったら誰に当たるかわからないでしょう？　それに魔力汚染が……」

耳の後ろで、空気が揺らいだ。

──後ろ！　体を前に出して身を捩《ねじ》って回避した。僕の鼻先を影の刃《やいば》が通る。僕の背後から切り付けてきた中学生ぐらいの子供は驚いた顔のまま固まっていた。

僕は中学生の肩を掴《つか》み、思いっきり腹に膝蹴りを決めた。中学生は驚いた顔を真っ青にして崩れ、胃の中のものを吐き出した。

「……そういう感じで来るなら、手っ取り早くて良いですね。力ずくで止めます」

「おいテメェ……」

敵だとみなされたのか、一斉に彼らの目の色が変わった。

彼らは各々魔力を手の内で練り、僕の方へぶつけてきた。冷気に炎、風に質量……魔力が道を覆い尽くすように襲い掛かってくる。それを、左手に宿した破壊魔法で軽々と払った。

強風と共に打ち消された魔法を見てヤンキー共は怯《ひる》んだようだ。なんだコイツ、と、お互いに顔を見合わせる隙を逃さず、彼らの方へ駆けた。

集団との闘いは不慣れだが、にしても彼らの魔法は貧弱の一言だった。基礎的な魔法の基礎的な使い方だけ。炎は燃やすだけで、氷は冷やすだけ。その程度では僕を止められるはずもないので、左手に宿した破壊魔法を盾にして間合いを詰め、順に殴打するだけでヤンキーたちは簡単に制圧できた。

「てめ……何者だ」

「こっちのセリフですよ」

膝をつく彼らを全員『苗』でぐるぐる巻きにした。吐瀉物《としゃぶつ》とわずかな血が滴るタイルの床に彼らは転がった。『苗』で縛るのは傷が癒えるのでやめた方がいいのだが、それ以外に方法がなかった。

「ヒバナ、もう平気ですよ」

「……あんまり平気な状況には見えないけれど」

待っていたヒバナに声をかけると、物陰からひょっこり現れた。簀巻《すま》きにされた男たちが道に転がる状況、ヒバナがぎょっとしているのも当然か。とりあえずミコさんを呼ぼう……そう思ってスマートフォンを取り出した。

「オラ、死ね！」

背後からの声に振り向くと、『苗』による蔦《つた》を燃やして脱出していた男が、僕の頭に向かって五指を突き出していた——ヤンキーの指は燃えている。燃え盛る指を僕の目に突き刺さそうとするのがスローモーションで見えた。

そして、その指が宙に舞った。ヤンキーは猿みたいに甲高く叫んで手を押さえた。指が突然ちぎれ、寒空に舞って消えたのだ。

「ちょっとー、よそ見は危険ですよー」

通路奥の暗がりから、間延びした可愛《かわい》らしい声が聞こえた。魔女帽子に身長の低いシルエットの魔法使いがこちらに手を伸ばしていた。

「ミコさん、助かりました」

「攻撃が頭突きじゃなくてよかったですねー。十八禁になるところでしたー」

さらっと恐ろしいことを言う低身長の赤毛、鬼灯《ほおずき》ミコさんは路地裏から得意げな笑みで現れた。ヤンキーの指が吹っ飛んだのはミコさんの転移魔法の応用だろう。

「じゃ、お二人もお願いしますー」

ミコさんが背後の路地裏に声をかけると、にゅっ、と魔女帽子を被《かぶ》った女性が二人現れた。魔法協会の職員のようだった。

「お二人は『壁』と『牢《ろう》』でお願いしますねー。……で、もう出会っちゃったんですねー」

ミコさんは疲れたように頭をがしがしと掻《か》いた。ミコさんの隣に居た二人の女性はそれぞれ『牢』による鋼の鎖でヤンキーの束縛と、『壁の魔法』で認知阻害のある透明な壁を通路に張っている。

「まぁ本題にさっさと入れそうでよかったですー。今回対処してほしいのはコレなんですよー」

「喧嘩《けんか》の仲裁ですか？」

ミコさんは首を振り、スプレーと氷結魔法の残るシャッターの壁を見た。

「国内の魔法使いの人口、覚えてますかー」

「一〇〇〇人程度ですよね」

「はいー。でもその数字は魔法協会が把握している、魔法籍を持つ魔法使いの数なんですねー。んで現在の推定魔法使いの数が一五〇〇人なんですよー」

ミコさんはなんのことなしに言った。隣にいるヒバナは怪訝《けげん》そうな顔をしている。

「わかりますかねー、コイツらもそうですがー、ガキの魔法使いがわらわら増えてるんですー。実際の魔法使いの数は魔物の増減から推定できるんですがー、統計からみて、ここ最近で四、五〇〇人は魔法使いが増えてるんですよねー」

四〇〇から五〇〇人、魔法使いが増えている？

「どういうことですか」

「若者同士で魔法を感染《うつ》し合ってるんでしょうねー」

「それって、相当マズいのでは」

「マズいってレベルじゃないですねー、今世紀最大レベルの不祥事ですよー。魔法世界の危機ですねー」

ミコさんは笑う。いつものビジネスではなく、力ない笑いは自嘲しているように見えた。

それからミコさんは口元を引き締めて、指を一本立てた。

「で、ですよー？　重要なのはここからでー。おかしいと思いませんかー？　そんなに簡単に魔法使いって増やせると思いますー？　普通なら無理ですよねー」

「私の時も大変だったものね」

ヒバナの言葉にかみつくようにミコさんはケッ、と吐き捨てた。

「あれは全然クソ楽な方でしたよー。親族にあんな化け物いれば当然の才能なんですからー」

私クソ楽だったの……？　ヒバナは小さく独《ひと》り言《ご》ちながらわなわな震えていたが、僕はそれより話の続きが気になって仕方が無かったので、視線で先を促した。

「で、端折《はしょ》って言えば主導者がいるんですよー。『魔法売り』って一部で呼ばれているらしいんですがー、当然ですよね、魔法を教えられる人が居ないと魔法使いの急増は説明できませんからねー」

「それが、今縛った魔法を使うヤンキーのボスってことですか」

ミコさんは頷《うなず》いた。

つまり、今のガラの悪い魔法使いたちは最近異常に増えた魔物の発生源なのだ。ヤンキーたちが魔法使いになっているから、魔物が増える。そのヤンキーを増やしている首謀者がおり、それが『魔法売り』なのだ。

「ただ、『魔法売り』の手下っぽいのも何人か捕まえてボコ……訊《たず》ねたんですけれど、ボスの素性を知っている人間がいなくてですねー」

「ボコったんですね」

「あっシズキくんにヒバナちゃん、来るまでに知り合いいました一？」

ぐりん、と首をフクロウみたいに回してミコさんは笑顔で話を振ってきた。ちょっとだけ怖い。

「知り合い……？　いませんでしたよ、ね？」

ヒバナと調子を合わせるように目を合わせる。ヒバナも首を横に振った。

「クソですねー。残念ですー」

悪態をつきながら剥《は》がれかけたタイルを足先でぐりぐりするミコさんだった。いつもお仕事お疲れ様です。

「というのもですねー。ヤンキーのボスもとい『魔法売り』について、唯一わかってるのがですねー」

ミコさんは一度言葉を区切り、僕らに向かって指さしてきた。

「シズキくんたちと同じ制服の、雲雀《ひばり》高校の生徒だってことなんですよー」

4

一一月上旬。少し遅い時期の文化祭準備日。

今週は文化祭準備期間。普段は教室にずらっと並ぶ机がどけられ教室の後ろに積み重ねられている。

秋の冷たい教室の空気を熱するように、多くの生徒が活気づいていた。ある女子はブランケットを羽織りながら床に座り談笑している。男子達は暖房の当たりやすい場所を探して床を楽しそうに転げ、普段は使用禁止のスマートフォンは撮影用途を理由に堂々と放り出され、撮影係のやんちゃ坊主とカメラを向けられると変顔をする女子の集団からは男女で話す時特有の高揚を感じられた。

そこに交じらず、僕は教室を見渡していた。

脳裏に浮かぶのはあの日、傾奇町《かぶきちょう》でミコさんが僕らに伝えたこと。

『シズキくん、今回の仕事はですねー、学校に潜む「魔法売り」を見つけ出して欲しいんですー』

ミコさんの言葉を思い出す。この学校に、魔法を売る人間が潜んでいるらしい。

周囲は誰もが穏やかだったり楽しげだったり眠そうだったり隠れてゲームをしていたり……とてもじゃないけれど傾奇町のいかがわしい雰囲気の似合う人間が潜んでいるように見えなかった。

「『魔法売り』なんて本当にいるのかしら」

教室の隅、僕の隣で段ボールに白の絵の具を塗りたくるヒバナは小さく呟《つぶや》いた。

「……他のクラスも探すなら、シズキくんに任せるわ」

室内であるのに制服にマフラーを巻いている彼女は、明るい雰囲気から逃れるように身を縮めていた。

「部活の仮入部でできた知り合いに聞きましたけれど、めぼしい情報はないですね。傾奇町に行った人間がいるかなんて質問じゃ無理もないですが」

そうよねぇ、とヒバナは猫っぽい動きで口元をマフラーに隠れさせた。

文化祭準備は粛々と進んだ。絵の具をダンボールに塗りたくる作業はヒバナ向きだったのか、小声で僕と話しながら楽しくハケを動かしていた。

「今日もおアツいね～！　お二人さん！」

すると、突然女子に背後から話しかけられた。

「写真撮るよ～はい！　ゴルゴンゾーラ！」

振り向いた瞬間、スマートフォンのカメラがこちらを向いているのが見えた。奥に居る撮影者を想像しながらキメ顔を作ると、シャッター音が鳴らされた。

「な、何急に……失礼な人！」

隣のヒバナは目元に暗い殺意を込めて睨《にら》んでいた。穏やかな時間を邪魔されたのが頭に来ているのだろう。

「ねぇがる、すごい写真撮れた。ほら、ボーイズアイドルと追っかけの殺人鬼」

撮影者の金髪の明るいギャルはせわしない動きで、隣のダウナーギャルに写真を見せた。

「ごめ。邪魔だったっしょ。ノベル、良くない」

写真を見せられた青い髪の気だるげギャルが、金髪ギャルを窘《たしな》めた。青髪のギャルは落ち着いた様子で耳からイヤホンを外した。

「誰?」ヒバナが呟《つぶや》く。

「……クラスメイトでしょう。初鐘《ういがね》ノベルと月山《つきやま》がるですよ」

ぼそぼそ話していると、明るい方のギャル、初鐘ノベルがこちらに爛々《らんらん》とした目を向けてきた。

「ごめんねっ!　ほらでも見て見て見て!　この写真!　面白くね?」

ブロンドに染めた毛を後ろで束ねた短いポニーテールの女子、初鐘ノベルはご機嫌に笑った。スマートフォンの画面を僕らに見せながら小さく腿《もも》を上げ、裾上げしたスカートを快活に振る様子はハムスターを思わせる。

ノベルのスマートフォンの画面に映された写真は、僕がキメ顔をする横でヒバナの目元が暗くなっていた。ヒバナは悪役みたいな表情も良いな、と思った。

「ノベル、この写真消しましょう」

「え~ヤダ!　クラスグルに貼っていい?」

「こーら、ダメ」

明るいギャル、初鐘ノベルの頭にぽすん、と拳が落ちた。

「人の嫌がることは、ゲームだけ」

拳を降ろしたのはハスキートーンの女子、月山《つきやま》がる。ネイビーのショートヘアに、ミニスカートのナース服を着ていた。

冷たい印象の青髪と高い背、感情の読めない表情。冷淡に見える彼女は、実際のところマイペースなだけだ。現に、制服か部活着が大半のクラスの中で一人だけナース服を着ていても眉一つ動かさずにけろりとしている。

月山がるの服装にツッコミを入れたくなったものの、瞬時、ヒバナからの殺意を感じ取って初鐘《ういがね》ノベルに向き合った。

「ノベル。写真の許可を取らない、話を聞かない、距離近い、の三拍子で男子から苦情が出てましたよ。僕はいいですがヒバ……ナギさんを驚かせないでください」

ヒバナ、と言いかけて引っ込めた。クラスではまだ彼女は「家入《いえいり》ナギ」である。

初鐘ノベルは申し訳なく思っているのか微妙な様子で、明るくハキハキ元気に手を合わせた。

「ごめんて～。てか保護者なん？　その、家入さんの。ウケるな」

初鐘ノベルは興味深げに僕とヒバナの間で視線を行き来させ、それから僕の頭を二の腕でロックして引き寄せてきた。

「ちょ、ちょ」

初鐘ノベルに首を絞められ、彼女の体が押し付けられる。ノベルはそのまま僕の背中に寄りかかり、教室の隅まで寄り切るように押してきた。

「ねね、前から聞きたかったんだけど、シズキっちって家入さんと付き合ってんの？」

「いえ」

「じゃあ好きなん？」

「……そうですね、好きですよ」

教室の隅で恋愛トークに持ち込まれた。初鐘ノベルの顔が至近距離に迫り、彼女の体の前面がむにゅっと背中に当たっている。彼女はパーソナルスペースという概念を持たない。

恋バナを終らせたくてさっさと答えると、ノベルの顔が嬉《うれ》しそうに爆発した。

「マ!?　うきゃーっ！　ひゅぅうぅ～ううぉいぅおい!!」

「うわっ、うっさっ」

耳がきーん、ってなった。僕は視線で初鐘ノベルを非難するも、彼女は全く構わずどたどた走って月山がるの背中にぶつかり、大きめの声量で話しかけていた。

「ね、聞いてがる！　シズキっち家入さんのこと好きなんだって!?　聞いてた、聞いてた!?」

「そりゃそ。いつも一緒」

月山がるは手元でスマートフォンを弄《いじ》り、先程外したワイヤレスイヤホンを再び片耳に装着していた。全く興味がなさそうだった。

初鐘《ういがね》ノベルと月山《つきやま》がる。二人はクラスの花である。

二人はいつも一緒にいるが、その性格は正反対。明るく元気な初鐘ノベルに反し、無表情な月山がるは大抵のことに興味を示さない。

「で〜で〜！　家入《いえいり》さん的には、どうなの？　シズキっちって、ぶっちゃけどう思う⁉」

初鐘ノベルは止まらない。全身から喜色を発しながらヒバナの方へ駆け寄った。僕もよろよろ彼女たちの下に戻った。

「え、うん……シズキくん私のこと好きなんでしょう……知ってはいるわよ」

「ぎゃ――っ！！！！」

初鐘ノベルは叫びながら目を押さえてひっくり返った。ヒバナが嫌そうな顔をしていた。

「ヤバ、目焼かれた！　どうしよ、ね、がる。うち眼球付いてる？」

「平気。なくても可愛《かわい》い」

月山がるは興味なげに音楽のプレイリストを手元で弄《いじ》っていた。それからヒバナに向き合い、薄く口を開いた。

「うるさくてごめ、うちの恋愛脳が。あ、うち、月山がる。月山に、もいっこ月に瑠璃色の瑠で月山月瑠《がる》。よろしく、家入さん。話すの初めて」

「あぁ、うん……」

ヒバナは月山がるの服装が気になるのか視線を上下させて困惑している。僕はヒバナの斜め前ほどに立ち、月山がるに向き合った。

「それで、がるは何でナース服を?」

「遅い。ツッコミ失格」

月山がるは僕にびしっと指を突き付けたあと、ナース服を見せびらかすようにその場で一回転した。ナースキャップから短い裾まで全身真っ白で、硬い布地が彼女の細い胴体をぴったり包んでいる。足は黒いハイソックスに覆われ、ミニスカの裾とソックスの隙間から覗《のぞ》く太ももに目が吸い付いた。

「ナースカフェ、衣装できた。ど?　エロでしょ」

「エロですね」

「うぃー」

月山がるは握りこぶしを向けてきたので、僕の握りこぶしを軽くつき合わせた。

「何のグータッチ……?　ローカルのノリが怖いわ」

「お二人は心に気のいいヤンキー男を飼っているので、これが共通挨拶になりました」

一連の儀式を見ていたヒバナは意味がわからない、と言うように眉を顰《ひそ》めた。

「……ハッ!」

ひっくり返っていたノベルが急に起き上がった。それから楽しそうに僕の肩を掴《つか》んで揺さぶった。

「てか、そう！　ナースカフェの衣装できたし、飾りもできてきたし！」

「話っ、し、ながら、揺らさないで」

「だからね、あのね、そろそろ保健室からベッドの運び入れしたいんだって！　力仕事だからさーシズキっちも向かって！　てかそろ、うち文化祭実行委員の集まりあんだよね！ってな感じで、しゅばっと！」

僕の肩を放したノベルは謎の擬音と共にバネのように跳ね、ナース服のままの月山《つきやま》がるの手を引き、教室の扉をばすんと開いてどこかに走り去っていった。

「……大丈夫ですか、ヒバナ」

僕は肩を回した。僕の隣でヒバナが呆《ほう》けていた。

「台風……」

彼女たちの居なくなった教室で、ヒバナは小さく呟《つぶや》いた。

5

我がクラスの出し物は、「ナースカフェ」である。

食べ物系の出し物にすることは早々に決まり、どう特異性を出すか頭を捻《ひね》った数週間前。

どうしても同級生女子に衣装を着せたいという男子のむさ苦しい熱意や、女子のお許しや、実現可能性を天秤《てんびん》にかけた結果、女子はナース服、男子は白衣を着て病院風の食事ができる「ナースカフェ」になった。

「でもっ……この、ベッドの運び入れの大変さ……はっ、絶対考慮してなかったでしょう……」

僕とヒバナは保健室の予備ベッドを運んでいた。力自慢の男子や女子に並んで、僕らはベッドを持ち、神輿《みこし》を担ぐように廊下を進んだ。

「ヒバナはっ、待っていても良かったのに」

「クラスに置いていくつもり……？　人の心がないのね……」

ヒバナが眉間に皺《しわ》を寄せると、急にベッドがぐいと重くなり僕らの体が沈んだ。

「ね、写真撮ろう？　ほらこっち見てー」

クラスメイトの女子一人が運んでいたベッドから手を放したようだ。スマホを宙に掲げ、内カメラで僕らを写すように位置を調整している。

「ちょっと、急に放さないでっ」

ヒバナの発言に周囲の男子は顔を見合わせた。ヒバナもとい家入《いえいり》ナギがずけずけ物を言うのが珍しかったらしい。

「ごめんごめん。ほら、ピース！　ね、皆で撮ろ？」

僕らは顔を見合わせ、仕方なくベッドを一度降ろしてカメラに向き合った。

「はいっ、ピース！」

撮った女子が素早くスマートフォンを弄《いじ》ると、写真がクラスのメッセージグループに貼られて様々なリアクションがつく。青春らしい光景と言えなくもないが。

「なんだか、危ない……」

ヒバナは呟《つぶや》いた。僕も、小さく頷《うなず》いた。

「……これも文化祭ってことでしょう」

「ふぅん……集中しないとケガすると思うけどね」

写真を撮った女子、運ぶ男子。浮かれた雰囲気の中、ヒバナだけが冷静に物事を見ることができているような気がした。


運び終わった僕とヒバナはいつかのように、足りない折り鶴をまた折ることになった。天井から吊《つ》るしてお見舞い風にするための飾りである。

「なんだか鶴を折ってばかりの気がするわ……」

僕らは廊下の細長い作業場でまた折り紙に相対していた。先月よりも強い冷気が身に染みた。

「ノルマの数は足りているはずなのに、どうしてかしらね」

「どうしてでしょうね。半分ぐらい使えなくなったんじゃないですか、座布団みたいだからって」

「あぁ、そういえば『呪われた鶴が……』みたいに言ってたわね。半分ぐらい鶴に『呪』と書かれていたとかで、詳しくは知らないけど、折り鶴を神社に奉納しに行くなんて話が」

僕のせいで作業量が増えている。「大変ですね」と微笑《ほほえ》んでおいた。

それから僕らは廃駅で話す時のように静かに話した。最近は廃駅に行く必要が無くなっていたのでヒバナと話す機会が不足していたのだ。ちょっとした家族の愚痴や、千歌《ちか》さんの近況報告。ヒバナの好きな漫画の話。ありふれた会話が僕らの間で淀《よど》みなく流れた。

しかし、僕が彼女を好きだと言った話題だけは出なかった。

「……話しすぎちゃった。少しお手洗いに」

ヒバナは膝を払いスカートの皺《しわ》を伸ばして立ち上がった。見送ってまた鶴を折り始めると、誰かが後ろから近づいてくる気配がした。

「一人になったなっ！　お命頂戴ッー！」

背後から手刀が振り下ろされてきたので、ノールックで止めた。

「ん？　ノベル？」

後ろから聞こえた声は疲れ知らずの元気なノベルのものだった。

「シズキっちって何か武道やってんの？　運動できる系の帰宅部にしても今のは怖いんだ

けど」

振り向くとやや引きつった顔のブロンド髪、初鐘《ういがね》ノベルがいた。いつも誰かといる彼女らしくなく一人だった。

「なんです。大事なことですか」

「ん～まぁね」

ノベルは肯定するかのように、体をふりふり忙《せわ》しなく揺らしながら、視線を右往左往させた。

「ね、ね、今時間あるよね？」

「いえ……今はヒバ、ナギさんのこと待っているんで」

「ヒバって何？　まいーわ、あのさ、シズキっちさ、前うちに『なんでもする』って言ったよね？」

いつになく真面目な目でノベルは僕をじっと見た。その顔に冗談は無かった。

「……いつですか？」

「え、なんか校門でさ、うちのこと庇《かば》って？　くれたじゃん！　よくわかんないけど体の不調がなんたら、みたいな。アレ！　そん時に！」

「あ～……言いましたね……？」

以前、ヒバナが――その時は彼女は「ナギさん」だったのだけれど、ナギさんが猫の姿になって逃げたことがあった。その時になんやかんやあって、魔法を浴びかけたノベルに対して「なんでもする」と言ったことがあった。

「だからさっ、なんでも、してもらおうと思って」

ノベルは瞳の奥にいたずらな怪しい色を輝かせ、ふ、と短く笑った。千歌《ちか》さんを思わせる淫靡《いんび》な輝きに寒気が……。

「……僕には、ナギさんと、他にも大切な人がいるので。裏切ることでなければ……」

「あははっ、何？　キモ〜。あのねっ、文化祭実行委員の仕事を手伝って欲しいの。当日の人手でいいからさ、まーじで足りなくて！」

「あ、はい、いいですよ」

全然みだらではなかった。ただの依頼に僕は快くうなずいた。

「で、さ。でさでさ、……あははー、恥ずっ、シズキっちテスト何点だった？」

「あんまり良くなかったです。今回は平均七〇いかないぐらいだと思います」

「あはは、うちの七倍じゃん」

「…………」

「絶句しないでよっ！　がるも同じようなもんだったしっ」

ばんばん、と初鐘ノベルは僕の背中を叩《たた》いた。うちのクラスのギャル二人して成績が壊滅的なのは知っていたが、そこまでだったのか。

「……で、それが聞きたいことじゃないんでしょう？」

しかしそれが本題ではない。彼女のおバカアピールは大抵会話の入りだとか、彼女なりの会話の潤滑油のようなものであるのだ。

ノベルはえへへ、と小さく笑い、どぎまぎとした風に息を弾ませていた。

「……っぱ、わかる？　てかっ、シズキっちって意外と口堅いよね？　うちと違ってベラベラ話す感じじゃないっしょ？　なんか、意外と陰キャ臭いところあるしさ」

「なんです、貶《けな》しに来たんですか？」

「違うって、逆に！　逆にそっちの方がいい、みたいな？　いやシズキっちのことはどうでもよくてさ、あーっ、キンチョーするっ！」

「はぁ」

ノベルは胸を押さえ息を吸ったり吐いたり、いつも以上に忙《せわ》しない様子だった。

「ともかくっ、うちのことでさ、なんでもするんだよね？」

「なんでもします」

「なんでも？　ホント？」

「なんでも、です」

「なんでもなんでも？」

「あと何回これ言わされます？」

「あのね、手伝って欲しいのはさ、」

いつも以上に慌てん坊な彼女は手や口や足までも動かしながらあたふたとして、それからやっと、僕を真っすぐな瞳で見つめてきた。

「うちの……恋。を、手伝って欲しいの」

6

我らがクラスの太陽、初鐘《ういがね》ノベル。

その光に寄せられて焼かれる男子は数知れず、あるいは悪意なき発言、通称「ノベル光線」によって傷つけられた男子も数知れず。

三傑——圧倒的美貌の裏は謎に包まれた氷の女王、家入《いえいり》ナギ。無表情ながら親しみやすくファンの多いクラスの良心、月山《つきやま》がる。そして一番人気にして圧倒的『陽』、初鐘ノベル。

そんなクラスのアイドル、一番人気の恋の相手は、一年上の先輩であった。

「その……文化祭実行委員長の、カツ委員長がねっ」

カツ委員長、というのが彼女の好きな相手らしい。マスコットみたいな名前だ。

「……委員長、何が好きなのかなって、その、今度誕生日だから、プレゼント贈るんだけど、で、聞きたいけど、聞けなくて……男子の意見とかも欲しいし。そもそも、いいんちょのために、委員会入ってるのに……」

　肌寒い廊下、文化祭の準備に励む生徒が並ぶ光景を横目に僕らは文化祭実行委員室を目指した。その道すがら、廊下の足音にぎりぎり負けそうな程度の声量でノベルは語り続けた。

「いいんちょ、はぁっ、いいんちょ」

　ノベルは赤くなった頬《ほお》に手を当ててはぁはぁ言い出した。完全に恋する乙女モードになってしまった。

「とにかく、『カツ委員長』なる人の好きなものを探ればいいんですね。それをノベルがプレゼントする、と」

「あーっ！　今どうせ、『カツ委員長』って名前ならカツが好きだろうとか思ったでしょっ！　違うからっ、勝道《かつみち》カツヒサ委員長でカツ委員長だからっ、好きな食べ物は学食のうどんだって言ってたし！」

「思ってないです、知らないです。僕より適任の人がいるんじゃないかとは思っていますけれど」

　僕の言葉に彼女は一瞬ハッとしたのち、首を傾《かし》げてうーんと唸《うな》り始めた。

「いやま、いるにはいるけどさ、なんて言うかな～～～～……シズキっちはさ、つまりさ、うちのことを好きにならないでしょ？」

「あ〜……」

ノベルのことを恋愛的な意味で好きにはならなそうだったけど、恋愛対象ではないと言い切るのも酷《ひど》い気がして、適当に誤魔化《ごまか》した。

「そう！　だからさ、恋愛相談の相手がガッツガッツしてると話こじれそうじゃん？　『俺じゃダメ？』みたいなのヤだし！　でも非モテに恋愛相談して、うちのこと好きになられてもうぇ〜じゃん？　だからシズキっちぐらいがさ、安全っていうか、無害？　恋愛対象外？　変わり者？」

「せめて『面倒臭くない』みたいな言い方にしません？」

「それそれっ！　やば、ウケるな」

ノベルは楽しそうに笑った。僕も自分の笑顔がひきつっていることを自覚しながら微笑《ほほえ》んだ。彼女にとっては「自分の関わる相手が自分を好きになる」ことが思考の前提なのだろう、あまりに強者である。

それから彼女はどれだけ委員長が魅力的なのかを僕に語った。右往左往し感情の波によって突然叫び出す話を要約すれば、『知的で真摯に接してくれる真面目な人、あと体が大きくて眼鏡取るとクッソイケメン、匂いも良い』所が好きらしい。

「シズキっちは当日の臨時委員にどうしても入りたい人って設定で伝えてあるから、よろしくねっ！　いいんちょの好きなもの、ちゃんと聞いてね？？？」

「根回し完璧ですね」

そんなこんなで「文化祭実行委員会」の札が張られた扉の前までやってきた。

「じゃ友達と約束あるから後でメッセして！」

僕は自分の耳を疑った。ノベルはいつの間にかスマートフォンをぽちぽち打ち、敬礼し、しゅばばっと廊下を走って去った。

一人で文化祭実行委員室の重厚な両開きの扉の前に立たされる。……ノベル、僕のことは待たないいんだ。授業中にスマートフォンを没収された回数ぶっちぎりの一位、初鐘《ういがね》ノベルの悪いところは、じっと耐えて辛抱するのが苦手なことだ。

仕方なく一人で両開きの重厚な朱の扉を押すと、ぎいと音が鳴った。中から「どうぞ」と声がかかる。開いた扉の隙間から、一人の大男が書類の山の机の向こうで立ち上がったのが見えた。

「あぁ、キミが文化祭に魂をささげる根性のある若者かい？」

7

文化祭実行委員室に足を踏み入れた。少し緊張した。

部屋の中は全体が深緑と茶色のインテリアで統一されたブリティッシュな雰囲気だった。

中央には客間のように机とソファがあり、向かい合うように委員長の書類まみれのデスクがある。机の奥には大きな窓があり校庭を一望できた。

「キミが例の斬桐《きりとう》か。俺は勝道《かつみち》だ。カツでも委員長でも、好きに呼んでくれたまえ」

書類のデスクから男が立ち上がる。窓から光が後光のように差し、そのシルエットが逆三角形とも言うべき大きな影でつい気圧《けお》された。

「初めまして。斬桐シズキです」

僕はソファの前まで進んだ。逆光が収まり、大きな体躯《たいく》の「カツ委員長」の顔がくっきりと見える。四角い顔をした四角い眼鏡の男でアメフト部か何かに見えるほどの肩幅があった。口はきりりりと閉められ、張った胸筋で制服が横に引き伸ばされている。

「かけたまえ」

促され、室内のふかふかのソファに浅く腰かけた。委員長も僕と正面から向き合うように彼自身の席に座った。

「初鐘ノベルから話は聞いている。キミが親族一同を敵に回してでも文化祭実行委員に入りたいという、根性のある若者だと」

「うわぁ全然滅相もないですね」

初鐘ノベルの悪いところその二、なんでも盛れば良いと思っている。

「その気持ちはありがたいが、肩の力は抜いてもらっていい。面接というけれどこちらは文字通り猫の手でも借りたい状況だ。来る者を拒む余裕などない。あまり畏《かしこ》まらないでくれ」

実行委員であろう生徒が横から静かに僕の前へお茶のペットボトルを置いた。僕はもてなされているらしい。

「質問は一つだ」

低い声で空気がしびれた。畏まらないでくれという言葉に反し、彼の四角四面な顔を前にすると圧迫感がある。委員長は両手を鼻の前で組んだ。

「キミが文化祭実行委員長、つまり俺の立場だったとする。その状況で、『文化祭に爆弾をしかけた』と脅迫文が来たとする。その場合、キミは文化祭を続行するかい？　それとも中止するかな？」

委員長は角ばった眼鏡の奥で僕を捉えた。

考える。文化祭にもし爆破予告が来たら、続行か中止か……。

「ううん……公序良俗で考えるなら、中止にしますね」

「そうか」

一瞬、彼の肩が下がった。

「ですが」

彼の肩幅に負けないぐらい、僕は上体を前に出す。

「僕がその立場だったら続行すると思います」

その瞬間、委員長の目が輝いたように見えた。

「ほう?」

「だって、もし、ですよ。もし本当に爆弾があるなら、文化祭どころか授業をしている場合ですらないですよね? 爆弾を見つけ出すまで何一つ続行している場合じゃない。なのに、世間では文化祭やら何やらを中止した挙句、翌日にはしれっと営業再開される……つまり爆弾が仕掛けられたなんて脅し文句は茶番だ」

「ふむ、そうかもな?」

「ですが、わかっています。それでも『万が一』ですよね。そもそも脅迫を意訳すれば『文化祭を中止しろ、さもなくば加害する』が意図ですよね。なら猶更《なおさら》、思惑通りに中止にしたくないでしょう。

……そうですね……警備は増やしてゴミ箱は減らして巡回を増やして、延期してでも続行します。……現実には周囲の圧力や教師やら出資者やらの関係で中止かもしれませんが、僕個人の意思としては続行一択です」

話し終わると部屋の空気が暑くなっていることに気が付いた。目の前に原因がいた。

眼前の委員長は部屋に入った時は巨体であるものの淡泊な人間に見えた。しかし今の彼は暑苦しかった。委員長の瞳は見開かれ、デカい胸筋と制服の間に空いた三角の空間から熱が発されている。なんか、空気がむわっ、としてる。

「いやぁ、そうか！　そうか、そうか！　そんな風に言ったのはキミが初めてなんだよ！　そうか、そうか！」

嬉《うれ》しそうに委員長は手を叩《たた》いて、それから周囲を警戒するように視線を忙《せわ》しなく移動させた。まるで今から秘密の話をするかのような仕草。なんだか恐ろしい出来事の前触れの気がする。

「みんなみんな、配慮や無難というものを尊んでばかりでね。もちろん謙虚も美徳だがね、俺は大言壮語が好きだ。ところで、本当に爆破予告が来ているのだが、その件の相談相手が欲しかったのだ」

「ん？」

僕は自分の耳を疑った。明るく開かれる四角い口は、なにやら不穏なことを言った。

「来ているんだよ、爆破予告」

「……現実に？」

「正真正銘本物さ。まだ俺しか知らない……いいや今は二人だな」

僕は自分の血の気がさっと引くのを感じた。委員長は愉快そうに笑った。

「ようこそ文化祭実行委員へ。モットーは一蓮托生《いちれんたくしょう》、死なばもろとも。求むるはただ根性のみ。キミのような若者を待っていたのだ」

委員長は立ち上がり両手を開いて僕を歓迎した。僕は、もはや自分が逃げられないことを悟った。

8

下駄箱《げたばこ》で、ため息をついた。

元々人に頼まれやすい自覚はあるが、今回は手強《てごわ》そうだ。

ミコさんの依頼で『魔法売り』を見つけ、ノベルのために委員長のプレゼントを探り、当の委員長とは爆弾処理の方法を考えなければならない。

……頭を捻《ひね》らせていると、耳あたりから煙が出てくるような気がした。

「……シズキくん、何か忘れていないかしら？」

下駄箱の暗がりに向かって振り向くと、ゆらりと黒髪が動いた。

「あぁナギさん、じゃなくてヒバナ。二人っきりですから名前が呼べますね、嬉しいです。ニコッ」

「ニコッ、じゃないわよ！　お手洗いから戻ったら誰もいなかったんだけど!?　ねぇ、私のこと忘れていたでしょう！」

確かに。ヒバナのことは頭からすっ飛んでいた。

「それに、また色々頼まれごとしちゃって……爆弾なんてどうするのよ」

「なんでヒバナが知ってるんですか⁉」

つい声を荒らげた。「ちょ」とヒバナは慌てて誰もいない下駄箱《げたばこ》を見渡し、それから軽く胸を押さえて、息を整えると厳かに呟《つぶや》いた。

『猫よ……家入《いえいり》ヒバナの……』

「えっ」

急にヒバナはぶつぶつ魔法を唱え始めた。周囲にはまだ人がいるというのに。

「ここで使うのは危ないですって、それにまた脱げますよ⁉」

僕の声に耳をかさず、彼女は小さい声で魔法を唱え続ける。すると、ぽん、と彼女の頭部から音がした。

「……ねぇ、私の魔法を脱げる魔法と認識しないで？」

音のした彼女の頭部には、猫耳が生えていた。下駄箱を通り過ぎた運動部がちら、とヒバナを見る。猫耳の仮装だと思われたようだ。

「シズキくんって自分自身に魔法をかけているでしょう？　あれ、私もできないかと思って。こうなったわ」

ヒバナの黒髪の頭から生えたモフモフの猫耳。前頭骨の上部とでも言うべきか、ヒト耳の上の方にぴょこんと二つ突き出ている。当のヒバナはつんとしていた。

「えっ、ちょ、可愛《かわい》いがすぎませんか。モフっていいですか？」

引き寄せられるように手を伸ばすと、ヒバナはさっと身を引いた。

「ヤダ。今はダメ」

「いつならいいです？　お金出せばいいですか？　三〇分いくら？　延長は？」

「最悪の反応ね……じゃなくて！　これね、音が拾えるのよ。集中すればすっごく色々聞こえるの……耳というより、触角のようなものなのかも」

ヒバナは自分の頭頂部についた猫耳をぷにぷにと触った。彼女自身の人耳もあるので、実質４個の耳がある状態だ。でもそんなの気にならないぐらい、良かった。

「そのトンデモ可愛い猫耳で盗み聞きしたってことですか」

可愛い、と言われたことに反応して若干口角があがるけれど、すぐに彼女は笑みを消してお澄まし顔に戻ってしまう。

「ん、盗み聞きはともかく、肝心の爆弾よ。解決方法はあるの？」

「それは……現状ないですね」

頭を捻《ひね》っていたのだけれど、何も思いつかなかった。魔法があれば何か方法がありそうなものだけど、結局のところ「魔力汚染」という制限が重くついて回る。何でも魔法で便利に解決とはいかない。

「当日の警戒もありますが、やっぱり本当に爆弾があるかは確認しないわけにはいかないので……延期になるかもしれません」

僕が猫耳に気をとられながらも悩みの種を口に出して整理していると、ヒバナはむふふ、となぜか笑っていた。

「あのねっ、シズキくん？　私なら見つけ出せるわよ」

彼女は胸に手を当てて、誇らしげに口を開いた。

「完璧に、絶対に！」

胸を張る彼女、の頭部の猫耳に目が行った。可愛かった。

9

時刻は夜九時。静まりかえる校舎を目指し、僕らは校庭のフェンスを乗り越えた。

夕方のうちに開けた廊下の窓の鍵が開いていることを確認し、窓をゆっくり開ける。ヒバナを後ろから押して先に校舎に入れ、僕も窓枠を飛び越えた。スパイはこういう気持ちなのだろうか。

「なんだかいけないことしている気がしますね」

「これも正しいことのためでしょう？　ふふっ」

やたら機嫌のよいヒバナだった。暗く冷え切った夜の学校の空気に少し浮ついているようにも見える。

「警備員にだけ気を付けましょう」

ヒバナと頷《うなず》き合い、僕らは校舎の中を進んだ。

夜の学校は神秘的だ。光に沿って白い粉が漂っている。室内の方が暗いために並んだ窓から差し込む月光が校舎の床から壁まで四角く照らし、壁に立てかけられた文化祭の看板、『お化け屋敷　ヒュードロ』の白い文字が美しく浮かび上がっていた。

「そうね、教室に入りたいわ……廊下だと、ちょっと落ち着かないし」

僕らは忍び足で教室の鍵を確認していった。どの教室も鍵がかかっていたが、両開きの扉である文化祭実行委員室は鍵がかからないらしく、僕らは書類と埃《ほこり》にまみれた部屋へと飛び込んだ。

「で、何をするんです？」

ヒバナに夜の学校に忍び込もうと提言されて、流されるままにここまで進んでいる。ヒバナに尋ねると、彼女は自分を落ち着けるように息を吐いていた。

「アレ、やるから。向こう向いてて」

「アレ？」

僕の理解より先に、ヒバナは青白い光を纏《まと》いはじめた。

『猫よ、家入《いえいり》ヒバナの名の下に……』

彼女が詠唱を始めると、どこからともなく可愛《かわい》らしい猫たちが現れた。

「うわっ」

野良猫が続々現れる。廊下から、扉から、天井に開いた穴から、書類の隅から、窓から次々と猫が金色の瞳を暗闇に光らせて集まってきた。一匹一匹は可愛らしいが、部屋の足下に金の瞳たちが並ぶ光景は少し怖い。

「にゃ」

いつのまにかヒバナも黒猫になっていた。彼女は落ちた服の中から堂々と現れ、後ろ足で人間のように立ち上がる。

「にゃにゃにゃーにゃ、にゃんとか」

ヒバナは猫たちの前でにゃーにゃー鳴いた。二足歩行で立って語る姿は可愛らしい大統領のような風格であった。集まった猫たちは小競り合いしつつも、ヒバナの鳴き声に耳を傾けているように見える。

ヒバナは最後に「にゃ！」と一言。すると猫たちは一斉に散らばっていった。毛玉と猫臭い空気が残った。

「すごいですね、忍者みたいで……」

ヒバナの方を見ると体を光らせていた。人間に戻るようなので、強い意志の力によって目を逸《そ》らした。

「……ふぅ。こっちを」

ヒバナの刺々《とげとげ》しい声に対し、僕は彼女から背を向けて立ち、窓を見た。

「見てないですよ、外を向いています。あぁ今夜は月が明るいですね、残念です。窓の奥側が明るいと、ガラス壁は鏡にならないんですよ。暗い側からは明るい方しか見えない。この原理の応用がマジックミラーです」

「誠実なのか変態なのか……」

ヒバナはぼやきながら服を着ているようで衣擦《きぬず》れの音がした。誰もいない校舎、密《ひそ》やかな空気。振り返って彼女を見たい、気持ちを抑えて僕は月を眺めた。

「月が綺麗《きれい》でした」

「良かったわね」

ヒバナはすっかり着替え終わり、僕は委員長室の掃除をしていた。一瞬だが集まった猫によって猫臭さがこびりついてしまっていた。

「爆弾、猫たちに探してもらってるから。多分数十分で済むと思うわよ」

ヒバナは疲れたようでぼんやりソファにもたれている。

僕は箒《ほうき》や塵取《ちりと》りを持ち出して、どの猫かが吐いたらしい毛玉などを処理することにした。

そんな風に細々と動いているとすぐに一〇分経過、続々と猫が戻りはじめた。また床が汚れた……。

「ほら、並んで並んで」

開いた両開きの扉から、ずらーっと猫たちは列を作っていた。ヒバナの言葉がわかるのか、実行委員室の扉の外まで猫が日本人的光景で一列を成した。

その最前列、部屋の中央ではいつの間にか人間姿のまま猫耳を生やしたヒバナがしゃがみ込んで猫の話を聞いている。

「んにぃ〜」

「そう、そう、なるほど……」

猫の鳴き声に頷《うなず》くヒバナ。なんだかシュールな光景だ。話を終えた一匹が窓から去っていき、次の猫が現れ……将軍の下に参った大名一人一人が拝謁する様子を見ているようだった。

二〇分ほどかけてヒバナは全猫の謁見を終えた。彼女は委員会室の深緑のソファに背中を預けて、大きくのびをしていた。

「はぁーっ……疲れた。なんか集中しすぎて……言葉とか、意識が猫っぽくなるところだった、かにゃぁ……」

「お疲れ様です。カフェイン抜きの飲み物持ってきました。あとタオルもどうぞ」

僕からペットボトルを受け取るとヒバナはごくごく喉を鳴らして、髪の張り付いたおでこの汗をタオルで拭っていた。猫耳の中までよく拭いていた。

「でも、よかったわ、爆弾、ないんですって……一二〇匹でみっちり探し回ったから間違いないはずよ」

「すごい魔法ですね」

ヒバナの完璧な秘策とは、彼女の魔法で猫たちに爆弾を探してもらうことだったらしい。ヒバナはやや疲れた風ながらも得意げに微笑《ほほえ》んだ。

「これで、文化祭、できるでしょう……？　私としては文化祭なんて休日が潰れて憎いぐらいなのだけれど、シズキくんが望むなら……」

「本当にありがとうございます。助かりました……ヒバナがいてよかったです」

僕はヒバナに頭を下げた。よかった。ヒバナがいてくれて。彼女はなんやかんや言いながらも、ためらいなく手伝ってくれるのが良いところだ。やはり僕の好きな相手で──。

「あと、見つかったのはね、小銭が一万七八一三円分と、紙幣が三万三〇〇〇円分と、いやらしい雑誌が四二冊と、イヤホンが右耳一七個、左耳一九個と、修学旅行の記念コインが……」

「え？　ちょちょちょちょちょちょ」

突然ヒバナが魔法ではない呪文を羅列し始めて驚いた。

「何？　一応集めようと思えば集められるだけで、集めてはいないわよ……」

肩で息をするヒバナはペットボトルを呷《あお》っている。ソファに体を預ける様子に動揺は全くない。

「全部で数万は落ちているものなのね。この学校だけでも……ふふっ」

首をソファに沿わせて後ろに下げ、脇も足も外に向けてだらんと腰かけるその姿が妙に落ちついている。不意にサクラの姿とヒバナが重なった。彼女に通じるラスボスの風格があって不安になった。

「……なんか、気を付けてくださいね？　あんまり有用な魔法だと人として腐っていく魔法使いもいるので……」

「一々脱げるこっちの気も知らないで……でもそうね、せっかくだから町中の小銭でも集めようかしら……幾らになるんでしょうね」

「やめておきましょう。ヒバナは大金を得たら学校も何もかも辞めそうで怖いです」

ヒバナはふふっ、と自嘲的に笑った。その笑顔に遊びは無く、本当に心配になった。

それから帰り道、僕らはひっそりと学校を抜け出し、いつも通りの通学路に戻っていった。

「ヒバナ」

　僕の少し前、夜道を慣れたように歩く彼女に向かって声をかけた。

「僕と関わることで嫌なことがあったら、言ってくれた方が嬉《うれ》しいです」

「急に何よ……」

　彼女は振り返った。気まずいのか、少しだけ目を逸《そ》らしていた。

「最近の話です。ヒバナは恋愛だとか表面的な関わりだとかが苦手なように見えたので、無理をしていないかと。具体的にはその……ノベルだとか、がるだとか。僕と関わることで嫌なことがあったら、無理をしないで言って欲しいです」

　う、と彼女は固まる。

「別に、本当に、嫌ではないわ……ギャル二人の明るい方も、ダウナーな方も」

　言い方に若干のトゲを感じた。初鐘《ういがね》ノベルを「明るい方」、月山《つきやま》がるを「ダウナーな方」と認識している時点で距離があるなぁ……。

「あの時僕が言ったのは本心で、今でも変わりません。僕はヒバナが好きです」

「すっ」

　ヒバナは息をひゅっと吸った。それから赤くなった。

「でも応えようとか思わないでください。僕は……恥ずかしい話ですが、ただ気持ちが漏れ出ただけなので。僕といると嫌なことが増えるかもしれませんし、ヒバナにとって良いかはわかりません。僕を待たせるとか、答えを出そうとか考えなくて平気です。良いにしろダメにしろ、僕は気長に待っています」

一瞬、驚いたように彼女は口を開いた。

「……どうしてわかるのよ。そうね……」

彼女は通学路の暗闇をしばらく見つめている。それからヒバナは恥ずかしそうに俯《うつむ》き、上目遣いで僕を控えめに見てこちらに近づき、
ぎゅっ、と僕の手を握った。

「これが……今の気持ちだから。少し、考えさせて」

「ヒバナ……」

俯いた彼女の手から、温かさを感じた。彼女の薄く細い手を愛《いと》おしく思った。

「でも」彼女は呟《つぶや》いた。

「でも？」

「……正直今付き合い始めたら文化祭準備期間に付き合い始めてすぐ別れるテンプレの浮かれたカップルになりそうなのが割と嫌。それが一番かも。浮ついたノリで決めたくないわ、私どうせまた落ち込んだ時に大変なことになるし、ある程度私が平静でいられるタイミングで機を見て考えたいわ。調子の良い時の自分が一番恐ろしいものね、シズキくんの問題というより、私が私を制御できるかという……」

ヒバナは急に早口で喋《しゃべ》り始めた。

彼女はナギのふりをし続けた反動で幼いところがあるのかもしれない……しかしそれも可愛《かわい》げか、と僕はヒバナの隣で微笑《ほほえ》んだ。ただ彼女を待とうと思った。

10

文化祭準備期間は一週間を通じて行われる。秋の中間テストが終わり、準備にたっぷり時間をとるのがこの学校での大々的な文化祭の特徴である。

僕は当日の見回り組に配属された。委員会主体で行うキャンドル制作イベントなどに関わることは無かったが、皆で制作するシミュレーションなどを楽しんで過ごした。委員長と話す機会もあったが、

「好きなもの？　そうだな、文化祭の成功が今は一番だ」

ハンサムスマイルでそうとしか言わないものだから、参ってしまった。

そうして迎えた文化祭開催当日。太陽が異様なほどに明るい晴天だった。

登校して文化祭実行委員室に向かう途中、色々な生徒とすれ違った。

廊下では追い込みの準備が行われ、いたるところで自撮り会が開かれている。隣のクラスでは「どうじでまじめにやッでぐれないのッ」と泣き叫ぶ女子生徒の周囲で喧嘩《けんか》が発生

していた。明るさも行き過ぎれば異様である。

僕はクラスでの挨拶を済ませ、文化祭実行委員室へ向かった。実行委員室の扉には、『本日快晴デス　晴れ用スケジュール!!』と張り紙があった。丸っこい可愛い文字はカツ委員長の筆致である。

部屋に入ると、カツ委員長に初鐘《ういがね》ノベル、月山《つきやま》がる、そしてヒバナまで全員揃《そろ》っていた。女の子大集合にややテンションの高まりを感じながら手を振り近寄った。

あれから結局、ヒバナは文化祭実行委員の手伝いとして入ることになった。ヒバナが無理していないか気になったが、彼女曰《いわ》く「クラスに置いていかれるより良い」とのことである。可愛い発言である。最近は彼女が何を言っていても愛らしく感じる。

「おはようございます、いよいよですね」

周囲に声をかけて文化祭実行委員室に入った。室内の前の方には、当の委員長が僕らの前に仁王立ちで手を後ろに組み、応援団のようなスタイルで立ち塞がっていた。

それから数分。カツ委員長はほとんど集まった実行委員を一瞥《いちべつ》した。

「諸君……」

カツ委員長は後ろ手を組んだ姿勢から、さらに胸を張り、目に覇気を宿らせた。

「根性ォォ――――――――――――――――――――ッ!!」

大声が飛んできた。

「押忍《おす》！　イエス、根性ォ――――ッ‼」

僕らの周囲に居た、普通の人に見えた生徒たちも叫んだ。

「こぉおぇが足りんなぁ！！！！！　根性ォォ――――――――――ッ‼」

「押忍！　イエス、根性ォ――――――――――ッ‼」

根性ォーッ、押忍、イエス、根性ッ、根性ォーッ、押忍、イエス、根性ッ。突然始まった叫び合いは何セットも繰り返され、乗せられて僕も声を出して応戦した。

「ワァ」

ヒバナは隣でフリーズしていた。ダメだ死んでいる。

「こんじょー」「根性ーッ！」

月山《つきやま》がるはそこそこノリ、初鐘《ういがね》ノベルは楽しそうに叫んでいた。

「フーッ、フーッ……諸ォ君ッ‼　今日ォという日を迎えられたことをぉ！　俺はッ、喜ばしく思う！　だが俺らの使命はここからが本懐である！　故に、根性である！　地域住民、生徒諸君、先生方ァ！　全て守り包み込むには、根性である！　遂行すべしは根性である ッ！」

在りし日の学生運動か何かという勢いで委員長による朝の挨拶は開始された。ヒバナはまだ固まっている。ノベルはキラキラとした瞳で愛《いと》しの彼を見ていた。がるは寝そうだった。なぜ寝られるのだろう。

「ね、ねぇ……なんか、すごくない？」

ヒバナは体育会系エネルギー熱波から生存していたらしく、小さく耳打ちしてきた。

「忘れていました。雲雀高校《ヒバガク》、こういうところありましたね」

我が雲雀《ひばり》高校は、戦後の学制改革時代からこの地に根をおろしているだけあって時折変な風習が顔を覗《のぞ》かせる。

文化祭、もとい「雲雀祭《ヒバリ》」も伝統の一つ。

毎年異様な盛り上がりを見せる「雲雀祭」は、毎年毎年近隣住民のＯＢが裏で回覧板を回し露店の用意をし、彼ら四〇代五〇代のアブナイおっちゃんとの繋《つな》がりで推薦や就職すら決まるという冗談みたいな伝統があるらしい。生徒会長より文化祭実行委員になる方が難しいと言われ、エリートたちが学ランにたすき掛けしてずらっと並んだ写真がいくつも校長室に飾られている。良くも悪くも「伝統」のある行事だ。

かつては厳正な審査の上で委員会の所属を許されたが、迫るダイバーシティの波に流され現在は落ち着いたらしい。噂《うわさ》半分であるが、昔の委員会は委員長に対しては最高敬語を使用、移動は三歩目から小走り、下着の色は白、男子はボクサーパンツかふんどしのみを許されていたという。違反すれば一律竹刀による殴打。噂は冗談半分で語られるが、多分ほとんど本当のことだ。

「以上である！　諸君らの健闘を、輝かしきｆｉｎａｌｅへの邁進《まいしん》を祈る！」

いつのまにか演説は終わり、わーっ、ぱちぱち。勢いと雰囲気に押され僕らは拍手した。委員長は天井と壁の裂け目あたりの角度へ向き堂々と胸を張っている。カツ委員長と親しみを込めて呼ばれるだけあって、カリスマ性のようなものを感じた。

「それで、本当に爆弾は、本当に問題ないんだな？」

僕は頷《うなず》いた。朝礼後、ハンカチで額を拭く委員長に爆弾処理について再度話した。委員長は肩肘張ったまま、ふむぅーっ、と蒸気みたいな息を肺から長く吐いた。

「詳しくは言えませんが、一二〇人の人手が急に手に入って、洗いざらい探すことができたと思っていただければ」

「何度聞いても不思議な話だが……この世界には不可思議もあるものだからな」

カツ委員長は難しい顔で綺麗《きれい》に剃《そ》られた顎を撫《な》でていたけれど、それから思い立ったように「よし」と頷いた。

「キミたちに特別な役職を与える。念には念を入れすぎるということはない」

それから初鐘《ういがね》ノベル、月山《つきやま》がる、加えてヒバナが呼び出された。僕の隣で女子三人が思い思いに怪訝《けげん》な顔や嬉《うれ》しそうな顔を並べている。

「いいんちょ、どうしたの？」ノベルが色っぽい声で尋ねた。

「キミたちは同じクラスだろう？　ちょうど良い、君たちには『文化祭存続特別委員』の役割を与えよう。今年の文化祭は面倒事も多そうだ、チャットのグループに入れておいたから、確認をしてくれ。リーダーは斬桐《きりとう》がやってくれ」

「なんですか委員長。文化祭そん……？」

「存続特別委員！　ね、シズキっち。『ソントク』でいいっしょ！　カッコよくね⁉」

委員長の宣言に初鐘ノベルはきゃっきゃと囃《はや》し立てた。ノベルはあだ名をつけるのが早い。勉学に活《い》かされない頭の回転の速さである。

「特別エージェントのキミたちにしかできないことだ。よろしく頼むよ」

委員長は僕に向けて眉をキリリと動かす。そのわざとらしい精悍《せいかん》さに少しばかりの警戒心を抱かざるを得なかった。

11

「絶対いざという時僕の責任にするための役職でもあるよなぁ……」

「どしたシズキっち！　やる気出さんかーい！」

一度実行委員会を解散した後、僕らは教室に向かっていた。この後は教室で出席確認を行い、放送が入り次第、文化祭開幕という流れである。

人の居ない廊下、教室内から生徒たちの歓声が響き渡る。通りがかりに別のクラスから聞こえるはしゃぐ生徒たちの声を耳にしながら自分たちの教室に入った。

僕らの教室二年二組の扉を開くと、出席を取っていた教師、それに数十人の生徒の目がこちらに向く。その中に一人、生徒の恰好《かっこう》をしているのに全く見覚えのない男がいた。

「よォ」

その男は窓の縁《へり》に腰かけ、僕らに向け手を上げた。

男の肌は浅黒く、ぎろりとした青い瞳は爬虫類《はちゅうるい》を思わせた。短い髪は肌と対照的な金色。高い身長とモデル体形の長い足のせいで制服姿がコスプレのようだという印象を受けた。

「ッ……」

初鐘《ういがね》ノベルがその色黒金髪モデル男に反応して鋭く息を吸った。

「どこ行ってたの！！！　留年！！！！！」

男に向かって、初鐘ノベルはそう叫んだ。

教室中がざわめく。なに留年？　留年……。浮つく教室を気にする様子もなく、ノベルは頭に血がのぼった様子で色黒金髪男の下までスタスタ歩いていき、彼の目の前で立ち止まった。

「声がデケェな」

対する浅黒い男は耳に小指を突っ込み、気だるげに笑った。

「ねぇずっとどこ行ってたの⁉　ママも心配してたよ⁉」

「クク、死人が心配するわきゃねぇだろ」

「それはっ……ねえ酷《ひど》くない!?　そりゃママはお兄ちゃんにとって赤の他人かもしれないけど……でもさ、家族でしょ!?」

「手前《てめえ》はいつまでもお可愛《かわい》いなぁ？　お人形みてぇな良い妹だよ、ノベル」

突然の口論に教室中が唖然《あぜん》としている。男は立ち上がり、ノベルの頭に手を添えるが「触らないでっ」とはたかれていた。男は肩をすくめると、そのまま教室の出口の方に……僕らの方に向かってきた。

「よォ」

なぜか、僕を真っすぐ見て話しかけてきた。

「……どうも、はじめまして。ノベルのお兄さん、なんですか？」

「手前が斬桐《きりとう》シズキ、だろ？」

「なんで僕の名前を？」

「初鐘ジンだ。手前とは仲良くしたかったんだよ、よろしくなァ」

初鐘ジンは僕の肩をぽんぽん、と叩《たた》いてから隣を通り、ひらひら手を振って教室を出ていった。

扉の閉まる音で教室は喧騒《けんそう》を取り戻し、教師は僕らの出席を確認した。ノベルが僕の方に向かって突撃してきた。それからヒステリックな調子で僕の肩あたりをぱっぱっと払う。

「シズキっち、あんなクソ留年と仲良くしなくていいからね‼　一九歳留年菌が伝染《うつ》るっつの、ぺっぺっ」

「……今の本当にお兄さんなんですか？」

「何っ⁉　半分血は繋《つな》がってないけどねっ⁉　そうだよっ！」

ノベルは目じりに涙を溜《た》めていた。それ以上何も聞けなくて僕は黙った。

12

文化祭開始のチャイムが鳴り、僕は校舎の二階廊下をヒバナと連れ立って歩いていた。

そして、頭を抱えていた。

「アイツ怪しすぎる……」

「怪しいって、『魔法売り』って意味？」

隣のヒバナが覗《のぞ》き込んでくる。生徒たちの大きな声の中でなんとか聞き取って頷《うなず》き返した。僕が初鐘《ういがね》ジンを怪しいと思う理由は……。

現代の魔法使いは、グレているからだ。

強大な力を持ちながら全く社会に役立てることができない魔法使いたちは退廃的に寄りやすいのだ。地下を好み、異様な気を持ち、身だしなみに無頓着、社会性が無い傾向がある。

現代の魔法使いは今の初鐘ジンや千歌《ちか》さんのような虚無的アンダーグラウンドな気配か、あるいはサクラのようなエリートまたは選民思考のお堅い人間かに二分されやすいのだ。僕の経験則から言えば、初鐘ジンはかなり怪しい。

「ふうん……でもそれって要するにカンでしょ?」

「そう言われると弱りますけれど」

ヒバナに話すも彼女は冷淡な反応だった。気を取り直して周囲に意識を向ける。

廊下では多くの生徒が声を張り上げていた。

「メイド喫茶どうですかー!」「相撲部ぅ朝稽古《げいこ》見学やってううわぁあっす!」

多くの生徒が話しかけてくる。まだ一日目の朝だからかキャッチの声には不慣れさが感じられた。

「でも魔力流して確認するわけにもいかないしなぁ……」

「ううん……それも気になるけれど『ソントク』の方も連絡ないわね」

ヒバナはスマートフォンを弄《いじ》っていた。文化祭実行委員の腕章を着けている僕たちは堂々とスマートフォンを取り出して連絡ができる。文化祭らしい非日常だ。

「ならとりあえず魔法使いを探しましょう。できればノベルのお兄さんを見つけ出して張り付きたいですね……。ソントクに関しては、向こうの二人もいますし」

月山《つきやま》がると初鐘《ういがね》ノベルは向こうも二人で文化祭を巡っている。示し合わせたわけではないけれど、自然と僕らは二手に分かれていた。

「ミコさんもいるのかしらね。ああいう人って文化祭好きなの……？」

「ミコ的には文化祭嫌いじゃないですよー？」

「うわっびっくりした」

いつの間にか隣にはミコさんがいた。くふっ、と彼女は楽しげに笑った。

ミコさんは若々しいチューブトップに灰色のコートといった服装で、学生ばかりを目にしていたからか、低い身長にもかかわらず普段より大人びて見える。

「みんな飾りつけ頑張ってますからねー。こういう仕事や成果物には敬意を払うようにしてるんですよー」

ニコニコ笑顔のミコさん。機嫌よく見えるが、生徒たちの文化祭作業を「仕事」と認識している時点で腹の底では文化祭をどう思っているのか怪しい。

「ミコさんも楽しんでくださいね。といっても文化祭を楽しみに来たわけでは」

「ないですねー。微《かす》かな手がかりでも上司として現場に行かないと、ってやつですー。シズキくんたちが普通に文化祭を楽しんで終わられても困りますからねー」

これは監視じゃなくてリマインドですよー、とミコさんは笑った。どちらにせよ僕らに文化祭を楽しませる気はないらしい。

「一応ミコも手伝いますけどー、今回の校内捜査に関してはお二人が頼みの綱なので、よろしくお願いしますねー」

「学校側に聞き取り調査などはできないんですか？　魔法協会の力で」

何気なく赤毛に向かって訊《たず》ねると、ミコさんはややうざったそうに僕を見上げた。

「あのー、魔法は秘匿されてますからね？　魔法禁止地域の調査は苦手分野なんですよーてか学校とかいうヒス機関の神経質さ舐《な》めない方がいいですよー警察すら入れないことあるんですからー」

それからミコさんは眉間の皺《しわ》を刻んだまま俯《うつむ》き、ぶつぶつ言い始めた。

「てか魔法協会はー国家を守る公的機関のくせ対外的には非営利の法人ってことになってますしー調査とかマジでカスですからねー、カスですよカスー。ただでさえ都心にオフィス構える謎ＮＰＯとして色々肩身狭いのにー、あー、転職しようかなー」

「今は魔法世界の危機なんですよね？」

「冗談ですよー、シズキくんの大好きなクソみたいなジョークですよー。ま、こっちはこっちでなんとかやってるんでー、頼みますねー」

言うやいなや、スタスタと歩き去っていくミコさん。黙っていたヒバナと顔を見合わせて、僕らは肩をすくめた。魔法使いは変な人ばかりだ。

するると突然、僕の腰のポケットがぶるぶる震え始めた。ヒバナのスマートフォンも同時に鳴った。『ソントク』のお仕事だ。

『がる：見て　ヤバ配信』

メッセージアプリにはそう連絡があった。ＵＲＬが貼られていたので開くと、画面一杯に歩く女子生徒をローアングルで映す映像が現れた。隣から飛んできたヒバナの手によって僕のスマートフォンが地面に叩《たた》きつけられた。

「ちょ、はたき落とさないでください」

「何これっ……」

ヒバナは僕の抗弁を無視して画面を食い入るように見つめている。スマートフォンを拾い上げると、新しいメッセージが来ていた。

『がる：仕事だって　ソントク　盗撮配信　追う』

13

人が多い。

廊下の窓から見えた外の校門では、すでに雪崩が起こっている。校門から保護者らしき夫婦が足を踏み入れ、大量の生徒に囲まれていた。

「野球部のストライクアウト景品ありやぁす！　いかがすか！」「三年四組オリジナル劇

『あの海で出会ったキミと余命7日の僕がこの世界からいなくなったのなら』！　今なら待ち時間ありませーん！」「ゲーム部試作『ファイナルクエスト2　8BIT－2D』試遊会、文化棟四階でやってますぅ……」「根性っ！　アァイ道空けてぇえ！　この線より前ェ出んなァ！」

　多くの生徒がひしめき、人の団子となった空間から出てきた夫婦は、手に大量のチラシを持ち、特製「海キミ世界」クーポンスタンプを手の甲に押されていた。同じような暴挙がいたるところで起こっている。

　すぐに校内に人が溢《あふ》れる。文化祭のボルテージが上がり始めている。

「盗撮なんて許せないわ……私が捕まえないと」

「ヒバナ、僕が先行するので、何かあればメッセージを」

　ヒバナの意気込みを待たずして、僕は足に肉体強化の魔法をかける。運動靴のつま先を何度か地面につけ、そして、駆けた。

「根性っオイ！　実行委員が廊下を走んなァ！」

「緊急ですの、でっ！」

　同じ委員に怒鳴られ捕まりそうになるのをすり抜ける。スマートフォンで配信位置をちらと確認すると、部活棟のどこかだった。僕は自慢の脚力を活《い》かすべく勇んで駆けた。

『誰か部活棟ついてる⁉』

初鐘《ういがね》ノベルのメッセージに、一度立ち止まってスマートフォンの画面をタップする。

『つきました。配信の位置誰かわかりますか？』

『はや！』

『四階』月山《つきやま》がるの簡潔なメッセージが来た。

すぐさま僕は階段を駆け上がり、四階にたどり着いた。

『つきました』

『女子トイレの中いる、盗撮犯』

「入れねー……」

息を吐いた。まばらな人の中、全力で駆けている僕が不思議だったのかやや目を引いている。僕は呼吸を整えて女子トイレの近くの廊下で張りこんだ。

『僕は配信見てないので、出てきたらメッセージお願いします』

『見れば？』

月山がるはメッセージ上で言う。『ダメじゃね？』『やめて！』残りの女子二人からは批判が出た。盗撮配信を見るのはやめた。

女子トイレを見張れる位置で僕は背中を壁に預け、メッセージアプリの画面と女子トイレの両方を警戒して視線を配った。

——そういえば、盗撮配信をしているのは女性なのか？　女子トイレに入れたんだから、当然そうだよな……。

『トイレから出たよ！』

初鐘ノベルからのメッセージがぴょこんと現れた。

どこだ。スマートフォンから顔を上げる。何か撮影機器、あるいは手持ちのカバンなどを持つ女性、トイレから出てきた人を探す。今、出てきた人を……。

『誰も出てきてないです』

僕はメッセージを打った。

やや間を置いて、『マジ？』とノベルから返ってきた。

『マジです。そもそも出てきた人が全くいません。本当に四階ですか』

『うん。四階、ゲーム部の看板、一瞬見えた。入り浸ったから絶対』

月山がるのメッセージが流れる。がる、ゲーム部に入り浸ってるんだ。それはともかく、配信の位置は間違いないのだろう。だがそれらしき人は見えない……。

『遅延配信じゃね？』

ノベルが素早いコメントを送ってきた。

『遅延配信つければ、映像が遅れて流れてるはずだし』『てか今チャイム鳴ったわ』『配信の方ね』

ノベル必殺、爆速のタップによる連続メッセージ。僕も時計を見ると、今現在、一〇時一〇分。チャイムが鳴ったのは一〇分前のようだ。

『遅延配信、一〇分じゃね？』

ノベルも僕と同じ考えのようだ。考えを整理する。

つまり、僕が追っている盗撮犯がここに居たのは一〇分前なのだ。そして映る映像も常に一〇分遅れで表示される。となれば、ただ配信を追っても仕方がない。

『スケベなら何狙う』

月山《つきやま》がるからのメッセージが浮かびあがる。

『間違えた。シズキなら何を狙う』

余裕あるな、がる……。

『配信ではどこへ向かってます？』

『フツーに校舎。一階のね』

ノベルの返事。人の溢《あふ》れる窓の外を見て、自分が盗撮するなら、と考える……これで予想を当てたら逆に不名誉だな、なんてことを考えないようにしつつ。

『僕は体育館に向かいます』

手元の端末を叩《たた》いてそう打ち込み、小走りで移動した。

14

ノベルは廊下を巡回、ヒバナは人の少なそうな方を探すとのことで、僕は一人で体育館に向かった。

既にぎゅうぎゅうになり始めた廊下を抜けて通る。「水泳部特製！　一〇連水風船いかがっすかー！」。声がどんどん増え、廊下を抜けるのも厳しくなってきた。

「……大変なことになるかもな……」

つい呟《つぶや》く。廊下を抜け、人の数が少ない体育館で息を整えた。薄暗い体育館内には緑のシートと養生テープが敷かれ、僕ら委員会がずらっと並べたパイプ椅子の四割ほどの席が埋まっていた。午前一番にしてはかなりの盛況だろう。

「超！　難問！　クイズ！　タイムボルト！『〇〇気質、とも呼ばれる、ロシア文学を元にした……』」

体育館では壇上でクイズが行われている。クイズ部員グループ一つと一般参加のグループが三つ、横並びでステージ側を向くようにして光が当てられていた。

スパーン！　と大きくボタンが押され、「オブローモフ？」丸眼鏡のクイズ部員が答えた。ぴんぽーんぴんぽーん。音が響く。

「ナイスナイス？」

「油断するなよ油断」

「ヨッシ……ッス……アッス……」

クイズ部部員は正解と男三人で身を寄せ合って肩を叩《たた》き合い、答えた生徒は腰のあたりで小さくガッツポーズを繰り返している。男三人それぞれが掛けた丸眼鏡がきらりと照明を反射した。

連絡をしよう、とスマートフォンを取り出そうとすると、僕の背後から肩に手が当てられた。振り向くと頬《ほお》を指で突かれた。

「誰へすか？」

「ん」

「がる？」

「ん」

後ろに居た女子はネイビーの髪色、月山《つきやま》がるだった。僕の肩に置かれた指は振り返った時にちょうど僕のほっぺたにクリーンヒットし、深めに突かれている。

「シズキのこと、信頼してるから。来てみた」

「ほうへすね、あの、いつまへ突いたままなんへす？」

彼女は僕のほっぺをぐいぐい押して遊んでから、無表情に指を戻した。何の説明もない。それから彼女は古いロック・バンドのステッカーまみれになったスマートフォンをぽちぽち弄《いじ》り、その画面を向けてきた。

「盗撮犯、こっち向かってる。来るかもよ、体育館」

「配信、僕が見ないほうがいいと思うんですけど……」

がるは僕の言葉に反応せず、石のような表情のまま「わたし、外から見張る。体育館脇」と言い残してスタスタ体育館を出て行った。

体育館脇は普段は更衣室とトイレがある通路であるが、文化祭中はパーテーションで区切られ、着替えと控えのために生徒占有通路となっていた。がるはそこを見張るらしい。

マイペースな月山がるに外は任せ、僕はステージ下の暗闇に寄って息をひそめた。頭上では白熱したクイズが行われている。

ステージ下から舞台袖を覗《のぞ》き込む。ステージ脇の左右には控室と倉庫がある。倉庫方面では何やら大がかりな木のパネルなどが運び入れられ、反対の舞台袖では男子が数人着替えているのが見えた。

『今クイズ研究会の決勝やってるんですけど、この次って何があります?』

素早くスマートフォンをタップし、がるに向かって個人メッセージを送った。

『次は、演劇』

『なら脇ステージと控室が演劇部の利用時間ですよね。盗撮犯が狙うなら着替え中でしょうか』

『さすが。理解早い』

彼女の賞賛に侮蔑が含まれている気がしたけれど、スルーした。

『がる、更衣室の中見てこれます？　セクハラに一日の長がある僕でも押し入るのは無理なので』

『もう中いる』

彼女はメッセージを打ちながらいつの間にか更衣室に入ったようだ。

『やっぱり演劇部が着替えてます？　僕が入っても大丈夫そうですか』

『刑務所になる』

『刑務所了解。ところで、中で手提げタイプのカバンを持っている人はいますか』

既読がつき、しばらく沈黙。

『いた』『でも、女性』

素早くメッセージが連投される。やはり、女性が盗撮犯なのだ。指を急いで動かしてメッセージを送った。

『恐らくその人が盗撮犯でしょう。確保、が難しければ……声をかけて、上手《うま》く外に誘導できませんか』

『やる』

一言コメントがつき、それからしばらく何も流れない。

五分ほど待ち、『どうなりました？』とだけ打ち込む。

『脇ステ側。来て』

その一言で僕は体育館の舞台の端にひょいと上り、すぐに舞台袖に向かった。

「失礼します。文化祭実行委員です」

そう断りを入れ、着替える男たちの合間を縫って動いた。白鳥のメイクを施す男子生徒や飾り羽根の帽子とサーコートを羽織った男子がちらと視線を向けてくる。

その奥の控室の出口に、カバンを持ち黒シャツにジーンズの色気のない恰好《かっこう》の人と、月《つき》山《やま》がるがいた。

月山がるは下着姿だった。周囲の男子生徒の目が月山がるに向いている。

……がるの服装をスルーして、僕は隣の人間のカバンをひったくった。「は!?」と男の声がした。鞄《かばん》をひっくり返すと、鞄を覆っていたダミー用の布が落ち、さらにスマートフォンが落ちてきた。鞄をよく見れば小さな穴が開いており、開けた穴にちょうどスマートフォンのカメラが収まるような形で作られているようだった。

「……盗撮犯で間違いないですね」

答えを待たずして腕の関節を逆方向にねじり上げた。盗撮犯は床に手を打ち悶《もだ》えた。馬乗りになって体を完全に押さえる。それから、がるの方に向き合った。

「で、なんで下着なんです？」

がるは恥じらうでもなく、上下パステルブルーの下着で突っ立っていた。

「脱いだらついてきた。盗撮犯だし、女体好き」

「にしてもやり方がありません⁉」

「わたし、ライブで脱いだこと、ある」

そう言ってがるは手元で棒を持って叩《たた》くようなジェスチャーすらしてみせる。彼女は生粋のバンドマンである。脱ぐことと何の関係があるのかわからないけれど。

「もうちょっと気を付けた方がいいですよ？　女の子なんですからね？」

僕がちょっと大きい声を出すと、がるはしゅん、と肩を落とした。

「……ごめん」

「あ、いえすいません。むしろ感謝を言うべきですよね。体を張ってくれてありがとうございます」

「色仕掛けまで覚えてごめん、ただでさえセクシーなのに」

「なんて？」

がるは相変わらずのマイペースさからか、恥じらう様子がない。あんまりにも堂々とした出《い》で立ちであったので、つい目を逸《そ》らした。

「おいっ、テメェら、俺に乗ったまま喋《しゃべ》ってんじゃねぇぞ」

「俺？」

がるは何か気になったのか、そのままの姿で僕が乗っかった男の顔を覗《のぞ》き込んだ。それから珍しく驚いたようで、ひょっとこみたいな顔になった。

「こいつ、顔変わった。さっきまで、女だった」

15

僕らはそれから男が暴れ出さないように後ろ手を上着で隠しながら捻《ひね》り上げ、文化祭実行委員室まで連行した。

委員室内で『ソントク』四人と委員長の勢ぞろいした中、犯人のスマートフォンの中身を確認すると、しっかりと盗撮映像に配信履歴まで残っていた。彼が犯人で間違いないのだが、彼は唾を飛ばして喚《わめ》いた。

「俺じゃねぇ。顔が違うんだろ?」

後ろ手を組まされた男は膝をつかされながらも敵意を飛ばし、僕らの顔をじーっとねめつけた。「ガンを飛ばす」というのだろうか、旧時代的で暴力的な威嚇だ。

「顔は、見間違いかも。わたし、あんま人の顔みてない。雰囲気は、同じ」

月山《つきやま》がるだけが無表情に男と向き合っていた。見知らぬ人間に突然悪意を飛ばされるのは恐怖体験に違いないのだが、「殺すぞ」とキレる男にも平然と「ん」と返す彼女のダウナーっぷりはこの場で強力な武器だった。

さて、と委員長が手を叩《たた》く。

「このことを一般生徒に公開するわけにもいかない。当然、他の実行委員や教員にも明かせない。なぜなら、公序良俗に当てはめれば、警察に突き出すべき案件であるからだ。それはつまり文化祭の停止を意味する」

委員長は後ろ手を組んで堂々と言った。

「委員長？」

僕の胸の中に一抹の不安が駆けた。

「その言い方だと、まるでこの男を裁かない、ように聞こえるのですが」

委員長は黙った。

それから視線を微塵《みじん》も動かさないまま、中空を見つめて口を開いた。

「そうだ」

後ろの女性陣が少しざわめいた。

「こういうことのために、キミたちを発足したんだ。俺の目的は文化祭の存続だ。無論、平和を守り秩序立たせる。だがそれは全て文化祭の成立のためだ」

「本気ですか委員長」

答えの代わりに、一文字に結んだ唇が返ってきた。

「それは……一時的にでも犯罪に加担しているようなものですよ？」

「そうだ」

「そうだ、じゃないですよ」

ちょっと、それはよろしくない行為なんじゃないか……半ば同意を求める気持ちで、女性陣の方をちらと見る。それぞれ三者三様、なんとも言えない表情をしていた。

「や、うちはちょっとハンザイはよくわからん……ど、どうなんだろうね？」

初鐘《ういがね》ノベルは周囲を見回してヘラヘラ笑った。

「……ダメに決まってるでしょう？」

ノベルに視線を向けられたヒバナは、眉間を険しくした。

「わたしは、別に。なんでもい」月山《つきやま》がるは寝そうだった。

「がるぅ～真面目モード入ってよ～」

緊張の反動なのか、やんやとギャル二人は話した。雰囲気から察するに、ギャル二人組が意見なし、ヒバナが反対という勢力図のようだ。

「うち、よくわかんないし、盗撮犯は許せないけど……でも文化祭が終われば言うんでしょ？　ケーサツ行くんでしょ？　ね？」

ノベルは希望を込めるように握りこぶしを作り、僕ら一人一人に同意を求めるように頷《うなず》いて笑ってみせた。

「……あぁ」

ノベルの笑顔に対し、委員長は、目を閉じて言った。

「なら、いーよ。いいんちょが間違ってるとは思わないしっ」

委員長は何も言わない――彼はわかっているのだ。痴漢、盗撮、そのたぐいの犯罪は現行犯でなくては成立しにくい。証拠があるとはいえ、第三者が指摘する……いわゆる「私人逮捕」のような例で時間を置くことが良い手ではないと。

彼はそれをわかった上で頷《うなず》いている。閉じた目はその動揺を隠している。

「私は正直……同意はできないわ。だって……なんというか、気を悪くしたら申し訳ないのだけど……犯罪者を庇《かば》い立てしてまで、文化祭って続けるものなの？」

割り込むようにしてかけられたヒバナの声に対し、空気がヒリついた。

「――無論である」

低い声と共に委員長が目を開いた。怒りに似た強い意志が眼鏡の下の瞳にあったが、一瞬のちにはいつも通りに戻り目を瞑《つぶ》った。

「……私はそこまで文化祭に思い入れもないから。委員長の判断に委ねるわ」

やや面食らったらしいヒバナは折れ、僕の方に困ったような視線を向けた。

「斬桐《きりとう》も、それでいいか？」

委員長に真っすぐ見つめられる。

「委員長」

真っすぐ見つめ返す。この判断は非常に危うい、止めるべきだと心が訴える。

「僕は反対です」

「この場の決定権は俺にある。もし反対するなら、キミをどういった手でも口止めしなければならない」

委員長は何か確信を持って言っている。彼自身には奥の手があるかのような言い方だ。委員長は信用ならない。

『魔法売り』なんて言葉が不意に浮かぶ。

家入《いえいり》サクラのような理詰めでエリート思考、お堅い人間も魔法使いに近しいのだ。目の前の委員長は……『魔法売り』だろうか。

「……こういうのは、一度始めたら止まれませんよ」

「それが、清濁併せ呑《の》むということだろう」

視線を真っすぐ向かい合わせる。悪意なく目的を見据える瞳は、彼自身が自分を正しいと思っていることを雄弁に語っている。

「……そうですか、なら何も言いません。でもノベルの言う通り、終わったら必ず正しい処置をお願いしますよ」

カツ委員長は頷いた。

「頼む」

それから一言、委員長は大きく口を開き、手を叩《たた》いた。奥の文化祭実行委員室の隣、倉庫の扉がぎぃ、と開いた。

扉からかったるそうに出てきたのは浅黒い肌の男、初鐘《ういがね》ジンだった。

「待たせすぎだろォ、んなヤツらにスジ通す必要あんのか?」

かったるそうに金髪を掻《か》き、頬《ほお》の内側を舌で膨らませている。その長い足と気だるげな雰囲気は突然芸能人を目の前にした時のようなオーラを感じさせる。

「はぁ!?　なんでここにクソ留年が!?」

「ファーック。そろそろウザいぜ、ノベル」

初鐘ジンは舌打ちした。初鐘ノベルとの間で視線が交差する——チッ、という音は、彼ら兄妹《きょうだい》の間で火花が散った音かもしれない。

「で、コイツ、もういいんだな?」

ジンは膝をついた盗撮犯を見下ろして言った。委員長は頷《うなず》く。

「手前《てめえ》もこいつらなんぞに一々説明して、難儀だよなァ?　いいんちょーさんよ。その不器用さは嫌いじゃねぇがな」

「俺が言える立場ではないがね、キミこそもう少し地に足つけた生活をした方がいい」

「ご忠告痛み入る、ってな。げらげらげら」

ジンは僕らに視線を向けてから、はん、と鼻で笑った。そんなジンに委員長はやや親しげに話しかけている。

この二人はどういう関係なんだ？

そんな疑問を置いてけぼりにするかのように、ジンは盗撮犯を立ち上がらせた。

「ちょ、ちょっと、その男をどうするんですか。それに、委員長とお兄さんはどういう関係なんですか」

「テメェのお兄さんじゃねーよォ。そうなっても構わねぇけどなぁ？」

もう一度笑い、初鐘ジンは盗撮男の手の縄を解《ほど》いた。それから膝を痛そうにさする男の尻の辺りを思いっきり蹴り上げた。

「ってぇ！　おいジン何しやがる」

盗撮犯は親しげにジンに口を利いた。ジンはもう一度盗撮犯を蹴った。

「口を開くな獣が。行くぞ」

ジンは冷えた視線で男を置いて行くかのように振舞うと、よたよたと盗撮犯は動き出して、周囲を睨《にら》み、僕の足下に唾を吐いて部屋を出て行った。

「……何よ、ガラ悪い」

ヒバナは奥歯に物が挟まったみたいな顔で嫌悪を示した。僕も同じ気持ちだけれど、今は盗撮犯を見送ることしかできなかった。

「なにお兄、カッコつけちゃって……」

初鐘《ういがね》ノベルだけが羨望に似た視線を兄に送っているのが、妙に心に残った。

16

その後、委員長に一応の説明を受けた——初鐘ジンは委員長に「協力」する形になっているのだということ。委員長は去年も文化祭実行委員長を務めたそうだが、去年は不測の事態、暴力沙汰、そういう治安維持を彼一人に任せていたのだと——つまり、初鐘ジンは「ソントク」の前身なのだと。

「ジン一人ではどうにもやりにくいことも多かったからな。今年はキミたちもいて嬉《うれ》しいよ」

眼鏡の奥で優しげな瞳を向ける彼を、僕は今までのように信用できなくなっていた。


「……あれでよかったと思う？」

廊下にて、どことなく思いつめた表情のヒバナだった。確かに納得も理解もできない事件だっただけに、もやもやする。僕らはやや俯《うつむ》いたまま並んで歩いた。

周囲から僕とヒバナは別れ話をしたカップルにでも見えたのだろう、通りかかった生徒の数人は僕を見て声をかけようとして、それから井戸端の奥さんが噂話《うわさ》をするようなジェスチャーに切り替えて避けていった。

「……軽犯罪と言えば軽犯罪ではあるんですけどね」

「軽犯罪を軽視する人間はろくでもないわ。刑務所に入る長さじゃなくて、された側がどう思うかが大事でしょう」

重犯罪を見逃したわけではない、という意図を曲解したらしいヒバナは頰《ほお》を膨らませた。あまりに真っ当な意見で僕は閉口した。

「私だって顔と体はお姉ちゃんと同じだったから、元子役って持て囃《はや》される程度に可愛《かわい》いと自負しているけれど。それでも盗撮されたら寒気立つわ」

「…………あっ、びっくりしました。とんでもないナルシストかと思って」

「違うわ。その、わかるでしょう」

曖昧に頷《うなず》いた。ヒバナからすれば憧れの姉と同じ顔、似た体を持っていた過去が彼女の自信に繋《つな》がったという意味だろうけど、それはナルシストと同じなのでは……。

「ともかくっ、シズキくんも、そういう誰にでも向ける厭《いや》らしい視線が相手を人間じゃなくてモノ扱いしているんだって、気が付くべきよ」

「なんか飛び火しましたね……最近はヒバナしかそういう視線で見てないですよ」

「それはそれで気持ち悪い……」

ヒバナは両手で体を抱きしめた。悲しかった。

それから「ソントク」に特別な連絡はなく、本来の文化祭実行委員らしく僕らは展示に違反がないかチェックする役回りを与えられた。

「本来、委員会の当日の仕事ってこういうのばかりなんですけれどね」

隣のヒバナに話しかけると、「なーにー？」と大きな声を耳元で返された。

「一年五組ぃ！　情熱ホットアイスクリームいぃかがっすかァ！　お兄さんいかがぁ!?」

隣から爆音で話しかけられた。笑い声が飛び交いすっかり人の溢《あふ》れた文化祭、話すには耳付近で声をかけ、歩くには人の波に歩調を合わせなければいけない。

人に揉《も》まれながら腰付近でスマートフォンを確認し、次の目当ての場所に僕とヒバナは飛び込んだ。

「失礼します、文化祭実行委員でーす！　出し物の確認にきました！」

その教室の中は可愛《かわい》らしかった。

ピンクを基調とした装飾に溢れ、並べた机にはミントブルーのテーブルクロスが敷かれていた。店員らしき生徒は男女問わずピンクのふりふりとしたアイドルみたいな衣装を着ていて、がたいの良い男子がフリフリを身に着けているのが面白いのか、男子で固まった席で店員に向かって何度もスマートフォンを向けて笑っている。

「なにこれ、地獄？」

ヒバナは立ち尽くした。この模擬店は女性的、フェミニンな雰囲気を大切にしているのだろうが、それがいき過ぎて毒のある花みたいな色彩にも見える。

「すいませーん、出し物確認です！」

再び大きく声を上げて来訪を伝えると、きゅるん、としたツインテあひる口の女子店員がピンクの裾を揺らしながらやってきた。ヒバナは露骨に身を引いた。

「きゃ～♡　カップルでいらしたんですかぁ？　可愛い彼女さんですね～♡」

「実行委員の確認です。火の扱いはないですかね、誰か一人が連続して勤務していませんか？」

「大丈夫ですよぉ～♡　苦手なことはカレに任せてるんです♡」

「金銭の管理はどうしてます？」

「どちらかと言えば愛の方が大切ですよね♡」

「……ちょっと確認しちゃいますねー」

対話は不毛である、とさっさとレジに向かった。内側を確認すると金庫に加え小銭のケースが並び、個人のタブレットを利用したＰＯＳアプリでしっかりレジ内金額まで把握がされていた。ちゃんとしていた。

それから語尾にハートをつけてそうなあひる口の女子に名前を訊《たず》ね用紙に記入した。

「せっかくなので一杯どうですぅ？　お二人はカップルですよね♡　私たちぃ、実はカップル割適用してるんですよぉ」

「それ申請外ですね」

「大丈夫ですよ心配しなくても！　おひとり様からは二倍の料金を頂いているので、問題ありません♡」

全然大丈夫ではない。あとで委員長に報告しないと、と続けて手元の用紙に記入していると、腕を引かれた。

「カップル様ご案内～♡」

『アァイィご案内～！』

むさくるしいコールと共に、女児ピンクフリフリ女子に僕とヒバナは腕を掴《つか》まれて席に連行された。椅子を引かれ肩を押されて無理やり着席させられ、メニューが目の前に押しつけがましく滑り込んでくる。

「ちょ、もういいので」

「一杯飲んでいってもらいます、無料で♡　懐柔です♡」

女生徒は有無を言わさぬ雰囲気で萌《も》え声を出した。口元に右手を添えるこの店員といい、委員長といい、文化祭への情熱がすごい。この学校ってもしかして異常なのではないか。そんな気がした。

「どうします？」

店員がいなくなった時を見計らい、対面に座らされたヒバナに訊《たず》ねた。彼女の手元でミントブルーのテーブルクロスがくしゃっと歪《ゆが》んでいた。

「出ましょ？」


僕らはさっさと次の展示確認に向かうことにした。

湿気のある熱のこもった廊下でコック帽の生徒に話しかけられる。「美食部『店主の親指』ラーメン三〇〇円今だけっす！　校庭で貴方《あなた》を美食が待っていますぞ！」。その他にも多くの声をかけられ、活気にいよいよ辟易《へきえき》した風のヒバナは僕にややもたれかかって口を開いた。

「前々から思っていたけれど、文化祭ってこんな盛り上がるものだったかしら……？　その、控えめに言って頭が大丈夫か心配なのだけど……」

「控えられてないですね」

「この間まで学校中がテストでどんよりしていたくせに……テスト期間が『鬱』なら文化祭は『躁《そう》』な気がするわ」

「『爽』じゃないですか、一般的な文化祭のイメージは」

こうして話しながら通っていると、さらに四方から話しかけられるものだから、段々声を張らないと会話すらままならなくなってくる。

「シズキくんと話せればそれでいいわね……」

「なんですかー！」

「なんでもない！　リストを作ってきたのだけど無駄になりそう、ってだけ！」

ヒバナは手元でスマートフォンを弄《いじ》っている。ちらと見えたメモ帳アプリのようなものにはずらりと並んだ展示の名に「一位」「二位」「四二位」と全て順位がつけられていた。一位の「家庭部『絶対恋愛スウィーツ』」の横に「☆シズキくんと一緒に行く」と書かれていて、見てはいけないものを見た気がして目を逸《そ》らした。

ぶるる、と僕のポケットが震えた。

ズボンをまさぐってスマートフォンを取り出しメッセージを確認する。隣のヒバナも同じタイミングでスマートフォン上に現れたメッセージを読んだようで、僕らは横目で頷《うなず》き合うようなアイコンタクトをとった。

「次の仕事ですね」

17

『勝道《かつみち》：軽音部のクレーム対応に月山《つきやま》が向かっている。彼女は元軽音部であるから、俺も任せたのだが、どうにもトラブルに巻き込まれているらしい。手間をかけるが、見に行ってもらえないか』

カツ委員長から送られてきたメッセージはそんな風であった。僕とヒバナは部活棟の方に向かった。

文化棟の軽音部部室に向かう途中、様々な展示があった。廊下に並べられた油絵や海の写真、地質調査と評し土の味の感想まで分析されたペーパーが壁に貼られた地学部の展示、丁寧に縫われた「手芸部来てね　体験会あり」の幕、プログラミングで廊下を走る車に群がる子供たち等々の文化的で活気のある場を通り抜け、軽音部までたどり着いた。

軽音部は音楽室の隣にあった。音楽室からはトロンボーンの音が低く鳴り響いているが、その隣の第二音楽室……軽音部からは音がしない。静かにノックしてみた。

……返答はない。ヒバナと顔を見合わせ、恐る恐る金属質の扉を開いた。

「ど、どうもー……」

声をかけるも返事は無かった。

中に入ると、室内は埃《ほこり》っぽく天井の白電灯が切れかかって陰鬱な感じがする。黒いカーテンは閉め切られ、埃っぽい音楽雑誌と学校設立からありそうな古いレコードが並び、ぎりぎり動きそうなラジカセ、年季の入ったヤマハのアコギ。その他様々な古めかしい道具が雑然と置かれている。

「誰、アンタら」

部室の壁に金髪の女生徒が腕を組んで寄りかかっていた。敵対心に満ちた瞳。彼女の毛先はカールがかかり、やや濃い赤茶のアイライナーを入れた吊《つ》り目と折ったスカートにより強気そうな印象を受けた。

「あ、シズキ。と、家入《いえいり》さん」

壁際のソファにいたのはネイビーの髪色、月山《つきやま》がるだった。木製のスティックを持ちひざに音楽雑誌を置いて、その上を棒で軽く叩《たた》いていた。

僕らは「文化祭実行委員です」と腕章を見せた。すると金髪女生徒は嫌そうな顔をして、見下すように鼻を鳴らした。

「うちら軽音部みたいな弱小虐《いじ》めて楽しい？」

「へ？」

金髪は吐き捨てた。

「がるみたいな話通じないの寄越《よこ》してさ、それでライブまで時間稼いでおしゃかにしようってつもりでしょ？」

「自意識過剰、部長」

ソファ上の月山がるが呟《つぶや》いた。金髪の方は部長らしい。がるは未《いま》だに膝の上の音楽雑誌をぺちぺち棒で叩いている。

「ズンタッドドンズンタッドドン」がるが言った。

「え、何ですか」

「ごめん。口ずさんだ」

金髪の部長は頭を掻《か》いた。

「……ほら、がるはこの調子だろ？　主張だって届きやしねぇ」

部長は怒るのも疲れたようにため息をつく。それから金髪に似合った吊り目を険しくして事の顛末《てんまつ》を説明した。

軽音部は明日、文化祭二日目に出番がある。彼女たちは演奏に関して、文化祭実行委員にクレームがあるようだった。金髪の軽音部部長の主張をまとめると、要点は三つ。

一つ、備品の不備がある。不良品が交じっていたらしいこと。

二つ、演奏時間が足りない。軽音部のステージに二〇分しか用意されていないこと。

三つ、軽音部の演奏に勝道《かつみち》委員長、もといカツ委員長を交ぜたこと。初心者が合わせずにバンドに入るのは異常事態であること。

「まぁ、文化祭ライブですから」

宥《なだ》めるも部長のご立腹は止まらない。軽音部は部員の不足で本来舞台に上がる予定ではなかったのだが、「委員会特別ライブ」の名を借り、文化祭二日目のラストにステージが組み込まれた。委員会からはドラム経験者のカツ委員長を交ぜ、軽音部との合奏をすることになっているのだが、それに不満があるらしい。

「なら、わたしがサポート入れば満足する？」

がるはなおも膝を叩《たた》きながら言う。相変わらずマイペース。

「もっとクソになるな。月山《つきやま》の満足のためにうちらの演奏があるんじゃない」

「わたしも全く同じ。気が合う。それに委員長はあれでもドラム上手《うま》い。わたしほどじゃないけど」

「知らん。私たちの演奏には私たちの矜持《きょうじ》がある。素人が入ると乱れる。まともな合わせもできてねぇのに」

「元々練習してない」

「うるっせぇな……月山はもうこの部活辞めたくせに何知ってんだ？」

「いつまで経《た》ってもお喋《しゃべ》り。練習しない、悪口とゴシップばっか。いる意味ないから抜けた。たしかに、演奏してる姿を知らない」

「殺すぞ、テメェは初鐘《ういがね》が抜けたから抜けたんだろ」

「それもある」

部長とがるはなおも言い合いを続けている。がるは膝を叩いているし、ヒバナもヒバナで疲れからか気力が抜けた顔でぼーっとしている。完全に聞いてない。この場におけるまとめ役の不在を感じ、僕は部長とがるの間に入った。

「よし、まず一つずつ解決しましょう。ええと……カツ委員長が演奏に入る、んでしたっけ？　その件は」

僕はポケットに突っ込んでいた文化祭の実施要項を取り出してぱらぱらめくった。「文化祭特別ライブ　軽音部の『音楽バカ』と文化祭実行委員会の夢のコラボレーション!!特別ゲストもいるかも……？」

要項のくせに思わせぶりな煽《あお》り文を見せて軽音部部長に確認をとる。なお、『音楽バカ』とは軽音部のバンド名である。

「委員長入れればいい。わたしが抜けてからドラム不在、でしょ」

「ドラムなんざ居なくとも演奏できる」

「本気で言ってる？　サポートドラマーって職、知ってる？」

小競り合いをする二人であったが、がるが正論のためか、部長は唇を軽く噛《か》んで目を逸《そ》らしていた。

「できればそれに関しては許容してもらって……そうですね、時間延長については」

「無理。でしょ、シズキ」

ぺちぺちぺち、と膝を叩いてがるは言う。確かに時間については動かしようがない。頷《うなず》くと、部長はチッ、と舌打ちをした。

「それと、備品の不備とは……」

僕の言葉の途中で金髪部長は急に元気になった風に立ち上がり、僕の実施要項をひったくった。

「てか機材に関してはさ、ほらココ読んで？　『実行委員備品に含まれる』って書いてあるでしょ？」

実施要項のページをめくり、実行に際する管理の項目で部長はばんばんと印刷されている箇所を叩《たた》いた。「勝訴」とでも言いたげに自信満々の態度だった。

「んでうちらアンプ一式借りるって申請してあるでしょ？　なーのにさ、シールドからの変換プラグ足りてないっておかしくない？　練習用でやれっての？　これはお前らの不備だろ？」

「そんぐら、自分で買っとけ」

「まぁまぁ。これは買ってくればすぐ解決しますね」

二人を宥《なだ》めると、「今から？」と僕に視線が向けられた。僕は機材に挿す変換プラグの一つを借りた。

「僕が向かいます。よくわからないですが、この丸っこいのをデカいのに変える端子があればいいんですね。一個借りますからね、買ってきます」

「おい、今からか？」

軽音部部長の言葉に答える前に、僕は部室を飛び出た。

委員会室までひとっ走りした。

軽音部の話と外出申請、変換プラグを買ってくることをカツ委員長の前で説明した。いつもより皺《しわ》の多いカツ委員長は難しい顔でうなった。

「そうだな……だが予算がズレるのは避けたい。もちろん、キミ個人の出費も」

そう言うと委員長は書類まみれの席の向こうで、厚く張った胸ポケットをまさぐり、何か丸くて青い布の袋を取り出した。

びりびりびり。その青い布からマジックテープの音がして、中から一〇〇〇円札が出てきた。

「ひとまずこれで、駅方面にある楽器屋で買ってきてくれないか。あとで経理には話して採算は合わせておく。急ぎなんだろう?」

「あぁ、はい……それ財布ですか?」

マジックテープのついた、よく見れば「かつみち」とセロファンテープの上に油性インキで書かれた、小学生が持つような青色の布袋。それを僕が目で指すと、委員長も手元に視線を落とした。

「ん? そうだ」

「…………」

「それがどうかしたのか？」

「そうなんですね……そうなんですか、なるほど。いえ別に」

僕はダサい財布の委員長に礼をして、実行委員室を飛び出た。

「二年七組『喫茶・射幸心』ロシアンたいやきSSR宇治金時、排出確立二倍キャンペーンやってまぁーっす、おひとついかがっすかぁー」

廊下に出ると、目の前の通路で声をかけられる。周囲には和服給仕姿にドラキュラ姿、様々な服装の生徒と一般の入場客とで溢《あふ》れている。

僕はできる限りの早歩きで進む途中、友人と話している初鐘《ういがね》ノベルを見つけた。

「あっシズキっちー！　がる、何処《どこ》にいるか知ってるー？」

僕を見つけると人越しに満面の笑みで手を振るノベル。周囲に友人もいるというのに憚《はばか》らない壁の無さがちょっとだけ恐ろしい。

「がるなら軽音部です。グループのメッセ見てないんですか」

過ぎ去ろうとすると、ノベルは僕に歩調を合わせて並んできた。

「うぇー、うち、軽音部合わなくて抜けちゃったから気まずいんだよねー」

確かにそんな話もあった気がする。初鐘ノベル、月山《つきやま》がるは二人とも元々軽音部に居たらしく、ノベルが辞めたことでがるも抜けることになったのだと……。

「今はただでさえ修羅場なので避けましょう、それと、プレゼントの件ですが」

僕が歩きながら言うのに合わせてノベルは小走りになった。

「何、プレゼント？　うちにくれるん？」

「委員長に！　ノベルがプレゼント渡すって言ってましたよね！」

廊下の音が大きくて、つい大声で彼女に話しかける。彼女は僕と並走する形で「わかってるってー！」と背中をばんばん叩《たた》いてきた。

「委員長へのプレゼントは、絶対財布にしましょう！」

そう言い残し、ぼけっとするノベルを置いて階段を駆け下りた。それから駅前の楽器屋へ僕は走っていった。

18

校舎を出て爆速で走り、レジのおっちゃんに「これと同じものをください」と端子を見せ店員任せで購入し、学校まで戻ってきた。

およそ一〇分で軽音部に戻ると、まだ彼女らは言い争いをしていた。

「戻りました。これでいいですか」

机の上に新品の端子をレジ袋ごと載せた。部長が中身を確認して、ふん、と鼻を鳴らす。

「早《はえ》ぇな。駅前の店までちゃんと行ったのか？　倉庫の不良品持ってきたンじゃねーだろうな」

「行ってきました。はい、レシートです」

「……は？　往復三〇分はかかるだろ、お前、何、車なの？」

レシートの時間を確認した部長に引かれた。魔法だってたまには役に立つのだ、例えばかけっことかに。

汗と息を整えていると、軽音部の出口付近にパイプ椅子が二個用意されていることに気が付いた。ヒバナは既に座っている。彼女の横のパイプ椅子を引いて隣に座り、ヒバナの耳元に囁《ささや》いた。

「お二人はどんな様子ですか」

「…………………………」

ヒバナは眉間険しく腕を組んでいる。あっ、これは怒っている。口うるさいクレーマーが料理に文句を出す前ならこんな顔をするだろうというぐらい、威厳ある表情であった。

「……進まない」

「は、はい？」

「話が進展しないわ……」

ヒバナは頭痛を抑えるようにおでこを手のひらで押さえ、ことのあらましを説明した。

月山《つきやま》がると部長の二人は同じような話題で文句を言い合っているのだという。

一年前、軽音部に新人の月山がると初鐘《ういがね》ノベルが入った。それ以来軽音部のレベルは月山がるの演奏レベルの高さと初鐘ノベルの花のあるビジュアルによって、隣の学校の文化祭に飛び入り参加できるレベルまで上昇したらしい。

しかし、ある日初鐘ノベルは辞めた。「うち才能ないし」。その一言で去るノベルについて月山がるまでもが辞め、軽音部の栄華は崩壊したという。それ以来ろくな練習をする気にもならない、というのが部長の言い分。そんなの知らない、とがるは言い張り膝を叩《たた》いている。ノベルはともかく、がるさえ入れば、また軽音部の演奏レベルが急上昇するのだから……と。

「え、なんでそんな話になってるんですか」

「知らないわよ……！　ねぇ、これはどうなったら解決って言えると思う？　もう二人の関係の話よね……」

囁き合っていると、二人の不機嫌そうな言葉のラリーがまた開始されてしまう。

「で、練習してるの」

「もちろんだ」

「そこのアコギ、埃被《ほこりかぶ》ってる」

「あっ、あれは……！　最近作詞の方に興味があって、そっちを……ゴニョゴニョ」

「ほら弾いてない。そういうの嫌で、辞めた」

「あー、もう……月山《つきやま》が全部をひっくり返していったんだろ。お前がしたことなんだから、責任とれよ」

「なんの」

「例えば……一緒に演奏するとか……」

「前、路上ライブ誘った」

「……その日は予定あっただけだ」

「二度誘った」

「……そりゃ！　みっともないし、恥ずかしいだろ……路上ライブなんて」

がるは大きくため息をつく。

「部長、いつも自分が大事。さらけだせ。裸で阿寒湖《あかんこ》泳げ」

「……るっせぇな……月山、お前自分の方が偉いと思ってんだろ、あ？　そういう態度が気に食わねぇ。人間として……チッ」

がるのトーンは落ち着いている反面、部長は顔を赤くしていく。このままだと女性同士のキャットファイトに発展しかねない、なんとかしないと……とあわあわしていると、隣のヒバナが幽霊のように立ち上がった。

「……もう、いいわ……」

緩慢な動作のまま、ヒバナは歩き。

どすんと部屋が揺れた。ヒバナが両手を机につけていて、机を叩《たた》いたのだとわかった。

あまりに自然な動作だったから止める間もなかった。

「月山さん」

俯《うつむ》いたヒバナは言う。月山がるは座ったままヒバナを見上げている。

「ちょっと、月山さん？　あなた傲慢なんじゃない？　事実を言っているつもりなのでしょうけれど、見下しているみたいで腹立たしいわ」

ヒバナは一刀両断した。空気が凍った。

まずい、どうしよう。僕も立ち上がろうとして、あたふたした。

「事実でしょう？　あなたが部活を抜けるってことは、部活に入っている人を否定することになる。それは認めなさいよ。部活をひっかきまわしたのは事実なの。

与えられて嫌な仕事であってももしその仕事を放り投げれば、周囲で仕事をする人間の否定になる……私にとってはお涙頂戴の子役がそうだったし、私は間違ったことをしていないけれど、随分恨みを買ったもの……」

ヒバナは俯いたまま心臓の辺りを押さえて言った。彼女自身、子役時代は「妹を喪《うしな》った悲劇の子役家入《いえいり》ナギ」としてしばらく活動していたのだ……それのことを言っているのだろう。

「ま、わかる。そういうん、下らないけど」

ヒバナの切実さが伝わったのか、若干ばつの悪そうな顔で月山《つきやま》がるは頷《うなず》いた。

「そうだよ、がる。お前が抜けたのが事の発端なんだからなぁ……！」

「何より部長さん……っ」

部長が何か言いかけたとたん、ヒバナは明確な殺意を込めて部長を睨《にら》んだ。

「何よっ、貴女《あなた》見てられないわ！　貴女、月山さんに構って欲しいだけじゃない!!　月山さんが羨ましいのでしょう、月山さんの演奏技術にあやかりたいのでしょう！　あんまりにも、あんまりで見てられないわ！」

ばん、ばん、ばん、ばん、と三回机が叩《たた》かれた。音楽雑誌がぴょんぴょん跳ねた。

「それに!!　私が一番見てられないのはね、ほら、貴女のバンドの名前を言ってみなさいよ！」

部長が持っていた文化祭の実行要項をひったくる。ぺらぺらめくって、ばん！　ともう一度机に叩きつけた。

「ほら、『音楽バカ』！」

「な、なんだよ、バンド名が何なんだよ……」

「『音楽バカ』!?　バンド名が音楽バカなの!?　どこよ！　要素があんまりにも見つけら

れなくて恥ずかしいわよ！　音楽バカって、音楽をいつでもしている人のことでしょう⁉　お芝居バカなら散々見たけれどね、〇〇バカ、ってずっとそれのことばっかりして、続ける人間のことよ！　自分で言わないでよ！　部長さん全然そういう感じしないわ！　気が付きなさいよ！　そのバンド名でこのレベルの低い争いは見てられないんだけど⁉」

ヒバナはとにかくまくしたてた。結構、いやかなりズケズケ言った気がするけれど、大声を出し慣れていないヒバナはかなり巻き舌になっていて、何言ってるのか最後の方はよくわからなかった。

「ぜーっ、ぜーっ」

ヒバナの鋭い吐息だけが、第二音楽室に響いていた。

「え、ダサい……？　このバンド名……？」

金髪部長は、大分ショックを受けているように見えた。

冷や汗が流れた。この場を収めなければならない。こういう部長みたいな人はショックの次に怒りが来る可能性がある。とにかく僕は跳ねるように立ち上がった。パイプ椅子ががたん、と後ろに倒れた。

「ハァ～イ！　どうどう、喧嘩《けんか》してませんよね～！」

Yの字のポーズで立ち上がった。

何だコイツ、と三人の女性からの視線が集まる。

「もういいんじゃないですか⁉　和解しましょう、ね？　別にいいですよね！　もう終わらせましょうね～！　がるもほら、謝って！」

僕は凍り付く三人の間に低姿勢で滑り込んで、ニコニコ笑いながら言った。仕事人ミコさんが満面の笑みを張り付けている理由がちょっとわかった気がした。

「う、うん。ごめんなさい」

あの無表情、月山《つきやま》がるですら若干引いた様子で部長に頭を下げた。

「あぁ……いいよ……うん……」

先ほどの粘りが嘘《うそ》かのように、部長までもがぺこりと頭を下げた。どちらかといえば上の空で返事をしたようにも見えた。

「まぁ、いいや。別にこの場は終わらせればいいもんな、がるも別に、この部活にはもう来ないだろ、な？　関わらないし……やっぱ委員会ってヤベぇヤツしかいねぇな」

「ん」

「じゃあ、そういう感じで……」

やや傷ついた様子の軽音部部長は口端だけで笑っていた。牙を抜かれた獣を思わせた。

僕とヒバナ、月山がるの三人で部室を出た。がるは、一言呟《つぶや》いた。

「音楽バカって、音楽をいつでもしている人のこと」

僕にもたれかかりながら歩くヒバナはびくり、と恥ずかしそうに蠢《うごめ》いた。

「いいこと言う。やるね」

それはヒバナに向けられた言葉らしく、顔面蒼白《そうはく》で死にそうな顔のヒバナに対して月山がるは微笑を浮かべていた。

「ひー、こひ……そうね……」

がるに向かって怯《おび》えたような瞳のヒバナは若干呼吸がおかしかった。

「ナギちゃん。や、『ナギさん』」

そんなヒバナに構わず、キラキラした目で月山がるはヒバナの手を恭しく両手で包んでいた。なぜかヒバナを尊敬しているらしい。

「ありがと。文化祭おわったら、どっか行こ。話そ」

「ぜー、はー……う、うん……」

何だかわからないけれど、月山がるは楽しげだった。ヒバナはまだ過呼吸だった。

なんとなく、二人は良い友達になる気がした。

19

それから僕は死にかけのヒバナを抱えて文化祭実行委員室に戻ってきた。

ところで、実行委員室には併設された倉庫がある。

体育館に貼られていた養生テープや、裁断用の大きなハサミや、円形を簡単に写し取れるダンボールの型紙など、文化祭に必要なものの蓄積された知識が詰まっている狭い倉庫である。

この小部屋は少し埃《ほこり》っぽいけど、当日は誰も入ってこない。休憩するにはもってこいの場所であった。

「じゃあ、死ぬわね……」

倉庫で彼女を肩から降ろすと、魔力で全身を光らせて自爆しそうになった。

「待って待ってヒバナ。ファインプレーですよ」

いつか彼女の姉がしたような首をがくんと下げた日本人形みたいな姿勢でヒバナは魔力を宿し、青白くぴかぴか発光していた。なんだかシュールだ。

「私、すぐに調子に乗っちゃう……なんだかおかしいの。自分がナギじゃない、と思うと、私は私だって言い聞かせると、自分で想定している以上の力が出ちゃうの……壊れているの、私の感情のバルブがもう壊れちゃってるの……」

「よーしよし。上手《うま》くいかなかった時、大切なのは余計なことを考えないことですよ、千《ち》歌《か》さんもよく言ってます」

僕はヒバナの背をさすり続けた。相当疲弊していたらしい彼女を数十分撫《な》で続けた。そ

れから彼女のために焼きそばでも買ってこようかと、一度ヒバナを倉庫に置いて一人で売店に向かった。

事件が起こったのは、倉庫への帰り道だった。

帰り道、文化祭実行委員室の両開きの扉から、サクラ色の髪をした大人が現れたのが見えた。あまりに唐突で、息が詰まった。

「――何をしている」

僕は両手に焼きそばとサイダーを持った状態で彼女に向き合った。扉から出てきたサクラ髪に修道服の人間も、おや、と僕に気が付く。目の前が白くなっていった。

「――サクラッ!」

目の前に居たのは、間違いなく家入《いえいり》サクラだった。

「お久しぶり。カレシさん」

サクラは微笑を携えて言った。「二年七組、『喫茶・射幸心』……」。周囲の音が遠のいていく。多くの人が背景に溶けていき、かつて地下で対峙《たいじ》した時を思い出す。白い空間、サクラの笑み……。

「待て待て、ここで殺《や》り合うつもりか? お互い魔法使いを増やしたくないんだ、その一点でわたくしたちはわかり合える……そうだろう?」

彼女は諭すように優しく言った。その通りだ。周囲をよく見れば多くの人が歩み流れている。ここで魔法を使えば甚大な被害が出る。魔法は使えない、と冷静になると音と光景が戻ってきた。

立ち止まっているのはサクラと僕だけ。そういえば、僕も両手に焼きそばとサイダーを持つ浮かれた格好だったのだ。

「一般人さえ居なければどこでも受けて立つ……と言いたいところだが、この学校は匂うな。薄汚い獣の匂いがする。クソ千歌《ちか》より醜悪な、爛《ただ》れた肉の匂いだ」

「何を言っている」

「わたくしは別にキミ目当てではないんだよ、ここに居るのは偶然だ。……無論、個人的感情により、キミとその周辺人物は心底殺したいと思っているが」

サクラはいつか見せたように、嗜虐《しぎゃく》的な笑みを浮かべた。なぜ彼女がここにいるのかわからないが彼女は魔法使いを殺すためにろくでもない計画をしている。そう直感した。

「ロシアンたいやきいかがっすかー」立ち止まっていた僕に、隣から話しかけられる。

「ちょ、今は」

一瞬、サクラから目を逸《そ》らした。

「また会おう、カレシさん。心配せずとも決着はつけるさ、必ずね」

その隙にサクラは廊下の窓枠に足をかけていた。

「――待てっ！」

僕の声が届く前に、サクラは窓の外に飛び立った。慌てて窓枠から顔を出すも、彼女の影も形も残ってなかった。

喧騒《けんそう》の廊下で、誰か窓から飛び降りたぞ、とざわざわし始める。多くの生徒が窓の下を覗《のぞ》いた。外にいるタンクトップ姿の男たちと目が合った。彼らはフラッシュモブ同好会の『没入劇は突然に　～イイ・マッシブ・パンクアクション～』だ。二階廊下から見下ろす人々に向かって筋骨隆々な上腕を振っていた。

「なんでこんなところに……」

自分で把握している以上に動揺しているのか、つい声を出して確認した。なんで、なんでサクラが。何をしていたのだろう、と脳内で反芻《はんすう》する。

そういえば、と一つ違和感が浮かぶ。今、サクラは突然現れたのではなく、実行委員会室から出てこなかったか？

急いで両開きの扉を開けて、文化祭実行委員室に飛び込んだ。僕の慌てっぷりが伝わったのか、委員長は書類から顔を上げて少々面食らったように僕を見た。

「委員長」

「どうしたんだい？」

「今、誰か」

呼吸を整え、席に浅く座る委員長に向かって僕は言った。

「今、誰かと話していませんでしたか。誰か、サクラ色の髪の大人と」

委員長は真っすぐ僕を見つめた。それから、

「いいや」

目を閉じ、そう言った。

20

一日目はそれから、ヒバナに焼きそばを与え、体育館の観客の出入りを誘導し、クラスの方を手伝っている間に終わってしまった。

いつの間にか終了時刻の午後五時を迎え、「ご来場ありがとうございました」のアナウンスが流れていた。頭の中には、サクラのことがあった。

僕は校庭の隅、ぱらぱらと捌《は》けていく人の外にいた。サッカー部と野球部が企画用のストライクアウトを片付けており、僕の隣には赤髪がいた。

「なるほどー、『魔法売り』の目途だけって感じですかー」

身長の低い赤髪、鬼灯《ほおずき》ミコさんは言った。文化祭が終わる前に一度報告会をしておこう

という流れで、僕は今までのことを説明したのだった。

「ミコさん、『魔法売り』とサクラは関係あると思いますか」

「んー……」

一日熱に当てられた疲れを滲《にじ》ませながら、ミコさんは頭を捻《ひね》っているようだった。

「不明ですねー。協会側の意見としてはどっちも反社会勢力ですのでー同じと言いますかー。区別して考えている人は少ないと思いますねー」

それよりサクラばかり追ってないで『魔法売り』を探すの、忘れないでくださいねー。

彼女はそう言い残し、肩を落として去っていった。

無論、忘れているつもりはない。今回の僕は文化祭実行委員だったり「ソントク」だったりノベルの恋だったり色々に振り回されているけれど、一番の優先は『魔法売り』を見つけることであるのだ。

夕暮れの校庭を見つめながら、冷静に考える——現状怪しいのは三人。

一人、恐らく家入《いえいり》サクラと接触しているカツ委員長。色々思い返せば、彼の行動は奇妙だ。堅物っぽいのもサクラとの接点を考えるとなお疑わしい。

二人、雰囲気がどう考えても怪しい初鐘《ういがね》ジン。盗撮犯を連れて行ったのは……よくわからない。

三人、上記二人との関係性が強い初鐘ノベル。……まあ、ノベルはやや優先度が下がるだろうか。

といってもまず明確に魔法と関係あると思われるのはカツ委員長だ。委員長が『魔法売り』の可能性が高いとして二日目は警戒すべきだろう。そう心に決めた。

という僕の考察を、学校からの帰り道でヒバナに伝えた。

するとヒバナに食い気味に突っ込まれた。

「ちょっと待って。サクラがいたの⁉⁉」

「いましたね、普通に」

「あの人話せるの……？　殺人鬼でしょう？」

「サクラの魔法使い殺しは、サクラなりの理屈に従った結果ですから……むしろ思考は理路整然としているんじゃないですかね」

「理路整然と、誰かを殺す思考に行き着くのかしら……？」

ヒバナはサクラに対して偏見があるようだ。……偏見も何も、サクラは魔法使いを殺す魔法使いに違いないが……僕はサクラを敵である以上に何かひっかかる存在に感じているのだが、その理由を説明しにくい。アイツが魔法使いを、ヒバナを狙う以上、敵であることは変わらないのだけれど。

「どうして委員長が『魔法売り』だってミコさんに言わなかったの？　状況から見て、委員長は魔法の関係者でしょう？　最初から怪しいと思ってたのよ、ああいう四角四面の人は。細目だったら悪い人だって確信できたのだけれど」

ヒバナは息を白くして言う。が、しかし──果たしてどうなのだろう。

サクラが委員長と繋《つな》がっていたとして、委員長が『魔法売り』であるのか？

それは、違うのではないか。

サクラは魔法使いを殺すことを目的としている。家入《いえいり》サクラが魔法使いの敵であるのなら、『魔法売り』と敵対していなければおかしい。だって『魔法売り』は魔法使いを増やすのだから。それはサクラの思想と真逆の行動である。彼女の思想まで把握して考えている人が協会に少ないであろう以上、今報告することは危うい。

「…………まだ、様子を見ましょう」

「でもっ」

「ここで捕まえる方が正しいとは思えない。それに、魔法使いが一人とも限らない」

言い訳のような言葉だったけれど、しばらくの無言の後にヒバナはしぶしぶ納得したのか、「そうね」と頷《うなず》いた。

文化祭は残りあと一日。なんだか色々あった気がするけれど、本番はまだここからだ──僕はそう気を引き締めた。

21

翌日。湿気の少ない一一月の快晴。

朝、アパートを早めに出て廃駅に寄ったが、誰もいなかった。昨日の夜も千歌《ちか》さんはいなかったのでここ数日会えていない。

朝から上がらない気分のまま校門にたどり着く。

校門には虹色のアーチがあった。描かれている文字は『誰もが主人公　個性の七色羽根雲雀《ヒバリ》祭』。この絶妙にダサいフレーズはカツ委員長が考えたものである。入場者は皆、校門前で微妙な顔をするという。

それから廊下で数人に挨拶し、教室に顔を出して先に出席確認を済ませられるように言《こと》伝《づて》をして、僕は文化祭実行委員室に向かった。

「根性ォ――――っ！！！」

「根性ー」

二日目になると朝からのテンションにも慣れ始め、余裕をもって根性を入れた。ヒバナは朝から疲れた顔をし、ノベルは楽しそうに拳を突き上げ、がるは寝た。

「ね、シズキっち!!」

文化祭実行委員室の隅、初鐘《ういがね》ノベルはぴょんぴょん跳ねながら僕を手招きした。

「プレゼント、これで本当にいいんだよね⁉　いいと思うよね⁉」

近くに寄ると、リッチそうな赤と黒の箱を渡された。綺麗《きれい》にラッピングされており、お洒落《しゃれ》にリボンがかけられている。

「僕に贈り物ですか？　開けていいですか？」

「馬ッッ鹿ゃろい！」

箱をひったくられる。綺麗な包装の箱がやや潰れた。

「プ・レ・ゼ・ン・ト！　いいんちょに渡すやつ！」

ノベルは懐から取り出したスマートフォンをぽちぽち操作し、僕に向かって画面を見せてきた。目の至近距離にスマートフォンが押し付けられる。

「いつも見せてくる距離近くないですか？」

苦情は届かず、近眼になりそうな状態で彼女のスマートフォンの画面を見ると、綺麗に収められた黒色の革の財布の写真があった。

「高そうですね」

「良いかどうかを聞いてんの！　値段の話はしないで！」

「絶対にこれが良いです。今の財布の惨状に比べれば」

「よかったぁ～……って何、惨状？」

「いえ別に。絶対に喜ぶって意味です」

まじぃ？　とノベルは疑いつつも嬉《うれ》しそうに僕を肘あたりでぐりぐり押してきた。なお、今もずっと僕の顔面の前にはスマートフォンが向けられている。目がチカチカする。

「や、あのね？　聞いて聞いて」

「スマートフォンどけてください」

「あ、わり。でね、聞いて」

聞いて、が多いなぁと思ったけれど指摘はしなかった。

「うち実は前々からプレゼント三つ用意しててさ。ぶっちゃけ財布か靴か眼鏡以外の選択肢がいいって言われたらシズキっちの意見は無視しよっかなて思ってたんだけど、『財布』って言われて安心したんだよね～マジちょうど良かった！　って。運命じゃない？」

「え？　三つ？　もうプレゼント買ってたんですか？」

「そりゃそうっしょ」

確かに、前日かそこらに好みを聞いてすぐ用意できるようなものではない。じゃあ僕に調査を頼んだ意味だとか色々気になったけれど、乙女心だろうとスルーした。

「シズキっち、靴いる？　いいんちょの靴のサイズに合わせちゃってるけど」

「合わない靴貰《もら》ってどうするんですか。委員長に機を見て渡せば良いでしょう」

「え～!?　無理無理無理！　だって財布あげてさ、靴もあげてさ、そんな色々渡しちゃったらさ、うちが色々貢ぐ女みたいになっちゃうじゃん？」

もう三つ買ってる時点で貢いでいるようなもんじゃないかなぁ、と思ったけれど黙っていた。

「間に合ってよかったわ。今日、いいんちょ誕生日だからさ……えへへ」

手元の縦長い赤と黒の箱を見つめる彼女は頰《ほお》を染め、瞳を潤ませ、まさしく恋する乙女の顔だった。クラスメイトの男子が見れば恋に落ちてもおかしくない恋愛殺傷力である。

「頑張ってください」

えへへ、と頰のあたりを搔《か》いていたノベルは急に手を上げ、ばちーん、と大きな音を立てて僕のお尻を叩《たた》いた。

「おうよっ、シズキっちも頑張れよっ！」

「……っ、告白前に他の男のお尻叩くのってどうなんですか」

「シズキっちは別っしょ！　な！」

ノベルは緊張を吹き飛ばすようにケラケラ笑った。僕の尻を叩いた手が少し震えていて音ほど痛みは無かった。彼女の告白が上手《うま》くいけばいいと思った。

22

「しゃーせー！　現代文芸部省略語クイズ『あーせ』、部活棟二階で初回一〇時飛び入り参加可能っすー！　ぁーせー！」

一日目よりも声出しに慣れたのか、朝から声が飛び交う中で文化祭は始まった。

朝礼では昨日の文化祭で課題となった、「午前中の校門がとにかく混雑してしまう問題」を解決すべく、文化祭実行委員の男子はテープ引きと整理の徹底が求められていた。そのため本来は委員会室を出て真っ先に校門に向かう予定であった。

だが、現実にはそうならなかった。

『勝道《かつみち》：キミたち「ソントク」は、二年二組だったよな？』

青いグループラインの背景に、委員長の不穏な一言が流れた。

『すぐに教室に向かってくれ。一度、模擬店を止めなければならないだろうから』

クラスに走って向かった。扉を開けると、一斉に僕に視線が向いた。

教室を見渡すと、多くの生徒は不満げに体育座りをしたり、白衣のまま壁に寄りかかったり、医療ベッドの上で気が抜けたように寝ていたりしていた。委員会の女性陣三人も揃《そろ》っており、初鐘《ういがね》ジンを除いたクラス全員がいるようだった。

「どういうことですか、炎上って」

息を整えながら入り口付近に立つヒバナに声をかけた。

「……これよ」

ヒバナはスマートフォンを体で隠すようにして画面を見せてきた。画面は有名なSNSアプリが映し出されており、文字が並んでいる。

『昨日から始まった雲雀《ヒバリ》祭。毎年浮かれ切っていて見るに堪えないが、今年はなお一層ひどい。この二年二組は保健室からベッドを運び入れて出し物にしている。学校側はこれを認めているのか？　外部の出入りも多いイベントであるのに、緊急時にベッドが不足する危険性すら把握していないとは嘆かわしい。極めつけは、この危機管理能力の欠片《かけら》もなさそうな生徒たちの写真……』

長いな、と思った。

要約すれば僕らの模擬店、ナースカフェに対する怒りの文章だった。

コメントの下部にはベッドを運び入れる僕らの写真がモザイク入りで貼られている。いつか撮った写真が流出……というよりネットにあげているのだから流出と呼ぶべきかは不明だが、僕とヒバナ含め生徒たちの目元にモザイク処理がされている状態で貼られていた。なんだか犯罪者になった気分だ。

この投稿が拡散された回数を示すぐるぐるしたマークの隣には、三桁以上の数字が並んでいる。さらに下には同じように怒りを込めたコメントが並んでいた。『最近の若者は頭が悪い。ネットばかり見て中身がない』。

「これ、どうして炎上ってわかるんです？」

「……このハートマークより拡散数が多いとか色々指標はあるけれど、まぁ、反応だとか色々よ……写真が出ちゃってるのが良くないわね」

ヒバナはこの手の事情に詳しいのか、手元に戻したスマートフォンを軽快にタップして色々と情報を集めているようだった。

「まだネットニュースなんかにはなっていないし、書いているアカウントもちょっと過激派っぽいからそんなに気にすることはないのだけれど……こういうの見ちゃうと、大人は敏感だものね」

ふぅん、とよくわからず教室の中央に視線を戻すと、焦りの見えるのっぽの担任と、がたいのいい学年主任が並んで話し合っていた。それから、ごほん、と咳払《せきばら》いした。

「本日の二年二組の出し物は、ひとまず、無期限的に休止だ。生徒の安全を配慮しなければならない」

えぇぇーっ、マジか、はぁ？　死ねよ、なんでうちのクラスだけ……。クラスメイトは様々な反応で非難し、先生もこの手の事態に不慣れなのか、あたふたと説明を続けた。

「安全が確認でき次第、再開とする」……。

安全ってなんだよ、クソが。クラスメイトが呟《つぶや》いた。

見知らぬ人間の悪意に当てられて、このクラスにも悪意が蔓延《まんえん》している。

「……とりあえず委員長に報告だけ行ってきます」

メッセージで連絡をすればそれで事足りたことだろう。けれど、僕は教室から静かに出て行った。あの場に居たくないと思った。

まだ二日目の朝だというのにやや疲労感がある。一応委員長に報告すると言った手前、文化祭実行委員室に向かって歩いていると、混み始めた廊下に見覚えのあるシルエットがあった。

眠たげな緋《ひ》の瞳、豊かな紫髪、良いスタイルの女性――なぜかメイド服を着た、僕の師匠の千歌《ちか》二絵《にかい》。

「千歌さん！」

「おーどうしたどうした、いつもに増して子犬だなシズキ」

千歌さんは髪をちょいとかき上げた。クラシカルなメイド衣装から広がる高級な反物《たんもの》のような紫髪はミステリアスな輝きがある。コルセットの巻かれた腰はきゅっと締まり、それらの要素が学生離れした美貌を引き立てているためか、コスプレが多い廊下の人々の中で彼女はかなり浮いていた。

「どう？　せっかくだから擬態してみたんだけど」

「似合うんですけど、擬態はできてないですね」

「かぁーっ、この衣装安物だからなー」

違いますよ、と僕と話している間も周囲の目を集めている。あの白髪の帰宅部、斬桐《きりとう》シズキは年上に好かれるらしい。あのメイド誰、斬桐ってお姉さんいたの？　隣のクラスから男子の声が聞こえた。

千歌《ちか》さんはどうにも目立ってしまうので仕方なく僕らは移動した。人の少ない本棟三階の一番奥、実行委員の臨時倉庫と化している空き教室の前にやってきた。

「よかったです。千歌さんと話したいことが沢山あって」

「本当に従順だな……尻尾を振ってもアタシの好感度はカンスト済みだぞ？」

「今回は本当に困っているんです。えーっと……何から話したもんでしょうか」

僕が追う『魔法売り』のことも気になったが、まずは目の前の炎上問題の解決策を訊《たず》ねることにした。ネットで僕らのクラスの出し物が炎上しているらしい、と……。

「え、炎上？　物理的にじゃなくて、ネットとかのアレ？　その炎上のアドバイスをアタシがしろと⁉」

「はい、千歌さんならなんとかできませんか」

「炎上……」

千歌さんは小さく呟《つぶや》いて、キリッとした瞳を向けてきた。

「や、わからん」

僕はずっこけた。

「だってぇー魔女に頼むことじゃないよねそれぇ？　なんかこうもっと……普通こういう場面で任されるのって魔法で解決できそうな出来事でしょ？　なんで今のところ持ってきた問題が家庭と炎上なのよ、もっとアタシに活躍させて？」

「問題の種類に文句言われても。僕が起こしたわけじゃないんで」

「虹なら掛けられるぞ？　ほら、虹の魔法いるか？」

「いらないですね」

全然話にならなそうだった。仕方ないので頭を振って切り替え、もう一つの話題にもっていく。

「じゃあ『魔法売り』についてはわかりますか？」

「あぁ、それはミコに聞いた。アタシはどうしてもサクラを追うの優先になっちまうからなぁ……」

「そういえばそのサクラが来てましたよ」

「…………………」

スマートフォンを弄《いじ》って「ソントク」に連絡がないことを確認する。委員長にはやっぱりメッセージで連絡だけしておこう、とぽちぽち端末を弄った。千歌さんから反応がないな、とチラ見すると、彼女は珍しく目を瞠《みは》っていた。

「はぁ――――!?」

それから、デッカい声で吹き飛ばされた。

「や、先に言ってよ！　そっちでしょ大切なの！　なにが炎上じゃい！」

「炎上だって大変ですって……」

サクラに出会った時の状況を僕は千歌《ちか》さんに説明した。顔を合わせただけなこと、向こうも僕狙いではないらしく、何か別の目的がありそうなこと……。一通り聞くと、千歌さんは悔しそうに下唇を噛《か》んで眉間に皺《しわ》を寄せた。

「あー、それなら分身体だろうなぁ、魔法が使えんから理由をつけて戦いたくなかったんだろ。にしても……」

千歌さんは足をとんとん、とリズムをとるように鳴らした。彼女なりの考える時のルーティン。メイド服の白と黒の裾がふりふり揺れた。

「どうりで校内で『苗の魔法』の気配がすると思ったら……んもー、アイツこういう場所嫌いな癖に何が目的だ？　分身ばら撒《ま》きやがるしマジでわかんねーんだよなぁ」

「『苗の魔法』、ですか？　校内で？」

「うん」

千歌さんは頷《うなず》いた。彼女は一目で魔法の形跡や種類を見抜くことができる。それは魔力の残滓《ざんし》、ごく微量の魔力汚染でも変わりない。しかし、校内で「苗の魔法」がかけられていた、とは何だろうか。

「あのタイプの微量な魔力は自分の肉体にかけたんだろう。あれなら日常に潜みながらでも魔法を使えるしな。アタシは『苗の魔法』でサクラが整形した読みだったが……ふむ？　サクラはサクラの顔をしていたんだな？」

千歌さんの問い――サクラはサクラの顔をしていたか？　当たり前だが、魔法があれば当然の話ではなくなる。『苗の魔法』は人間を猫にするように、肉体を変化させることができるからだ。『苗の魔法』はしばしば、自分にかけることで鼻を高くしたり、目を大きくしたり、といった整形に利用される。

僕の見た限り、サクラは魔法を使っていなかった。では、誰かが整形をしたのではないか？

「整形……。…………あ。盗撮犯」

「盗撮ぅ？」

「顔の変わった盗撮犯がいました」

千歌さんに一日目の出来事を説明した。男であるのに女子トイレ、更衣室に忍び込んだ謎の盗撮犯。捕まえると顔が変わったこと。千歌さんは一通り聞くと唸《うな》った。

「それ、魔法使いだ。『苗の魔法』で肉体変形させてるね。魔法は自分にかける限り、周囲への影響が少ないことも知っている……。てか、そいつ危ないよ。サクラに捕捉されれば殺される。今どこにいる？」

「それが、ジンっていう男に連れ去られて……」

――魔法を使って盗撮する犯人。そして、それを回収したジン。期せずして、『魔法売り』の正体に近づいた気がする。あの盗撮犯をどうしたのか、ジンを探して問い詰めた方が良いだろう。

二人並んで考えていると、どたどた、と下の階から足音がした。

「見つけたぞ……！」

その時、階段を上がってきた一人の緑髪の男が僕に向かって叫んだ。

続けてその他大勢の一〇代後半の男たちがやってくる。生徒ではない。彼らの大半は身なりが薄汚れた私服であった。

「え、シズキ知り合い？」

のんきなことを言う千歌《ちか》さんを横目に、その緑髪は青白い光を手に溜《た》め始めた――魔力だ！　ヤツらは魔法を使っている！

「シズキの友達なのかっ⁉」

「なわけないでしょう千歌さん！　敵です！」

「テ、テメェだ白髪！　あ、あ、アライアンスの仇《かたき》ィいいっはァ!!!」

緑髪のヤツは両手をかざし、魔力を『震え』にして放ってきた――廊下を這《は》い窓を揺らす振動の波を、右手に込めた『破壊』で打ち払った。

「おい、アライアンスって何だ」緑髪に問いかける。

「あ、あの新井《あらい》だよ！　『影刃』を使う、お、俺の友達！　唯一の友達！」

本当に誰だよ。多分、傾奇町《かぶきちょう》でボコボコにしたヤンキーの一人だろう。緑髪の後ろにいる男たちもそれぞれ青い光を手の内にまとっている。

「千歌さん！　防壁を！」

「わあーってる！　速攻鎮圧頼むぞ」

千歌さんに守りは任せ、速攻で潰しに行く。左手に破壊魔法を宿して体の前に持ってきて盾にする。靴が軋《きし》むほどの速度で廊下を駆け、一気に叩《たた》く！

「『空壁、千歌二絵《にかい》の名の下に、包め』――――！　誰も近づくんじゃねーぞっ！」

彼女の詠唱と共に白く半透明のガラスのような壁が周囲に展開された。ヤンキーたちをも包み込む、大気の利用による魔力の影響が少ない防壁の魔法だ。近くの魔法使いと取っ組み合い、足を払って相手を倒す。

「おい、メイドのおばさんも魔法使いだ！　誰か止めろ！」

「おっ、bbbbbばさん!?!?　アタシをオバサンっつったか!?」

千歌さんの怒声が響き、直後、背後から青銀の鋭い弾のようなものが飛んできた。弾丸はそのままヤンキー共の頭を突き抜けた。ぎょっとして振り返ると、右手で銃のハンドサインを作った千歌《ちか》さんが人差し指から青い煙を出していた。

「こ、これ死んでませんよね⁉」

「『弾頭《バレット》』だよただの！　魔法使いなら死なない！　あー、もっと痛めつけたほうがよかったたって意味？」

その時、半透明の壁の外からごん、ごんと音が響いた。

「シズキくーん⁉　ちょちょー、なーんで魔法が飛び交ってるんですかー⁉」

外にいるのはミコさんだった。隣に魔法協会の人もいるのか、合計三人のシルエットが見えた。霧がかった障壁の向こうから彼女の可愛《かわい》らしい声が聞こえた。

「開けてくださーい！」

千歌さんも気が付いたのか、障壁を解除した。すると、周囲に人が集まっていた。

「すげー」「CG？」「花火じゃね？」「だったら危ないだろ」「すごーい！　インスタ上げよ⁉　やば」

壁の向こうからミコさんと一緒に、浮かれた生徒が集まってきていた。

「ちょちょー、撮らないでねー？　スマホ壊しますよー？」

ミコさんの隣にいた二人の魔女帽子の人が大の字で手を広げて人を押しとどめている。

ミコさんは焦燥したように周囲を見渡し、僕らの下へ小走りでやってきた。

「シズキくん。これは一体誰ですか？　何ですか？」

「多分、傾奇町《かぶきちょう》の生き残りです。弔い合戦のつもりでしょう。もしかしたらSNSの投稿なんかを見て、僕の位置を掴《つか》んだのかもしれません」

ミコさんは顔を青くした。脳裏に問題が駆け巡ったのかふらりと一瞬体の軸がよろめいて、それから真っすぐ立ち直した。

「あー……マジですかー……。すいません、ミコたちが迂闊《うかつ》でしたー。まさかこんな場所で魔法使う人が出てくるなんて……」

それからミコさんは隣の魔法使い二人に指示を出し、『鎖』で倒れたヤンキー一人一人を拘束していった。ミコさんは手元のスマートフォンを弄《いじ》り、呻《うめ》きながら何かを打ち込んでいる。普段協会と共闘しない千歌さんも鎖の魔法でヤンキーを拘束していた。

僕も何かできないか、と倒れていたヤンキーたちを見回す。すると、緑髪の最初に話しかけてきた男の体がびくん、と魚みたいに跳ねて、彼の目がこちらを向いた。

「死ね、白髪ゥ！」

そして男が飛びかかってきた――なんとか反応し、取っ組み合った。

「シズキ大丈夫か？」

千歌さんが男を拘束しながらも僕の方に指を向けている。

「これぐらい大丈夫です、千歌さんは先にそいつらを拘束してください」

目の前の男はそこまで魔法に精通しているように見えない。千歌さんを横目に目の前の男に集中することにした。取っ組み合った男は僕の方に恨みがましく、大きな瞳を向けてきている。

「ひぃ～っ……ヤるな、ひっ」

ベタベタした手だった。至近距離で見ると、彼はグリーンの長髪をワックスでオールバックにして固めていた。肌は汚く、清潔感の欠片《かけら》もない。僕と組み合う手がぷる、ぷる、と薬物中毒者みたいに震え、緑髪の根元にフケが黄ばんで積もっていた。

「なんだ、お前……。千歌《ちか》さんと違って僕の魔法は加減がきかないぞ」

「やってみヤハーッがれよっ！　アァァヒィいい！　や、やや殺《や》り合おっ、ふべし」

吃音《きつおん》混じりに喋《しゃべ》る男の舌が飛び出た瞬間、思いっきり膝で腹を蹴り上げ、男の腹部にクレーターを作った。男はえずいた。

流れるように相手の右肩から肘までを回転軸にして、するりと抜けて背後から押し倒す。左膝で相手の右肩の付け根を押さえ、右腕を天井に突き上げさせて両足でロックした。僕の下でフケだらけの緑の長髪が地面に押し付けられた。

「ななな、な、なんだよ……ヒウフへっっくし、つ、つ、強《つえ》ぇえええ!!!!　じゃねぇ!!かァ!!」

「黙れ、舌を噛《か》みたくなければ静かにしてろ、すぐ拘束する」

男は目だけを僕の方に向けた。ロックした男の腕がバイブレーションみたいにぶるり、

ぶるり、と震える。

「かわいそうだよなぁ！　今回の標的はテメーのクラスだったんだろ？　な？」

男は床に涎《よだれ》を飛ばしながら言った。

「……なんの話だ？」

「え、えええ、炎上だよぉ。してんだろ？　あれなぁ、毎年して、してんの。知ってるかぁ、この学校の真向かいに住んでる、サ、サラリーマン。アイツが毎年炎上させてんの。俺らん代でも、でも、炎上してたからなぁ、もう、ご、ごご五年目？　ハ、ハハッ！」

男は話すことが心底楽しいのか、言葉を発するたびに口端に泡を溜《た》めながら、愉快そうに笑った。

「……それがどうした」

「ふ、普段そのアカウントな、ず、ずーっと仕事の愚痴ばっか。な、なぁ見てみ？　人は死んだほうがいい、ってさ、ハ、ハハ！　自分に言ってんのか、上司に言ってるのか、わかんねー、ク、クソみたいなつぶやき！　で、でで、でさ、この時期になると急に、学生の、と、投稿漁《あさ》って、ええ炎上よ」

「何が言いたい？　あの、千歌さんでもミコさんでもいいので早く拘束してください」

「お前らもなるんだ」

男の振り向く眼球が、意思の宿った真っすぐなものになった。

「予言してやるよ。お前らも、そうなる。お前も、お前も、お前も！」お前も、お前も。そう言って、集まった廊下の野次馬《やじうま》の顔を一人一人じっと見て、「お前もだ」と言う。集まった生徒たちは後ずさりした。

彼の腕はすでに震えていなかった。

「お前らこんな一瞬どんちゃん騒ぎして、明日には日常に戻って、それでなぁなぁに過ごして！　それでてめーらも終わるんだよぉぉ！　一番恐ろしいものから目を背けたまま！あは、ははは!!　イっちまえよ、そのまま毎日おかしくなっちまえよ！　できねぇんだよな？　だから普通のフリしたテメーらが一番終わってるんだ！　あのクソサラリーマンに近いんだぁっはははぁ!!!　あぁ〜〜〜ハぁ。

——だが、俺たち『刃《やいば》』は違う。

なぁ、てめえらも俺たちみたいに魔法を解放しろよ。魔法こそが、この世ならざる力こそが今を変える！　クソみたいな社会に従ってるお前らがっ！　いっちばんクソなんだ！あっははぁっひぃは!!　はっははむんもごごごごご」

僕は背後から彼の首を持ち上げ、口の間に苗の魔法を流して猿ぐつわを作って噛《か》ませた。

「黙れ。魔法はただの下らない力だ。千歌《ちか》さんでもミコさんでもいい、早く！」

「あ〜クソだ〜……あぁシズキくん、『苗の魔法』でいいから縛っておいてくれますー？」

「首絞めますか」

「冗談はいいのでー、とりあえずでー」

　言われた通り、地面に押し倒したままの形で彼を『苗』で縛りつけた。

「ミコ、これヤベーんじゃねぇの？　アタシ、もう正式な感じで協会と関わりたくないんだけどぉ」

「……ちょーっと頭痛いので黙っててくださいねー」

　千歌さんは大方の人を拘束し終わり、僕が押さえていた男もやっと『鎖』で拘束した。彼は捕まえられる間も「へへ、へへ」と短く笑っていた。

　――『ヤイバ』って何だ？　それに、『魔法こそが今を変える』……彼の言葉は、何かスローガンめいている印象があった。『ヤイバ』とは組織名なのではないか――。

　頭を痛めていると、ぴんぽんぱんぽーん、と、スピーカーから間の抜けた音が鳴り、続いて学年主任の咳払《せきばら》いが校内に響いた。

『えー、業務連絡。業務連絡。無期限停止となっていた――ハイ。二年二組の模擬店、ですね、コチラ。が、ひっ！　あー、エー、はい、二年二組。模擬店再開の許可が、出る、そういう運びになりましたのでェ――』

　そこで一度音が区切れて、ごすっ、どかどか、と何かモノが倒壊したような音がスピーカーから響いた。

『ちゃんと話せよカス……』

一瞬、小さな声で若い男の声が挟まった。

『ハイ、はい！　二年二組の方々はすぐ企画を再開するように、以上！』

まくし立てるような大人の声がぶちりと途切れると、すぐにスピーカーは黙った。

何だ、今の？　周囲の生徒がざわめいた。途中、学年主任の声に混じって「カス」だとか何か聞こえた。

合間に挟まった男子生徒の声は大人びた、少し低く威圧感のある若い男のものだった。

「ジンの声だ」

「ジン？」

ミコさんが名前に関心を示すように聞き直してきた。僕は頷《うなず》く。

「千歌《ちか》さん、ミコさん。この場は頼みます」

僕は放送室までひとっ走りすることにした。初鐘《ういがね》ジンを問い詰めるために。

23

部活棟の三階、放送室の前。壁一面に展示案内が貼られた通路に、一人の教師が佇《たたず》んでいた。

「――では、主任にはお考えがあってのことですね？」

彼は別学年の先生だった。険しい顔をした五〇代男性教師が声を張り、放送室の扉の前に突っ立って扉の奥に向かって怒鳴るように声を荒らげている。

「なら良いのですが！　しかし、保護者にはどのように伝えるつもりで？」

教師特有の、長ったらしく回りくどい話が開始された。しばらく放送室には入れない。

僕は物陰からその教師が去るのを待った。


数十分後、ビール腹で大きく広がった背広を揺らしながら五〇代教師は去っていった。

入れ替わるように放送室の白い飾り気のない扉の前に立つ。

こんこん、とノックして、黙ってみる。

「ツボウチ先生。ここは開けられないんですってぇ」

扉の奥から、泣きそうな声の学年主任の声が聞こえた。高圧的と弱気を繰り返す我らが学年主任であるけれど、今は随分弱った声のように聞こえた。

「僕は、ツボウチ先生じゃないですよ」

扉の奥に向かって声をかけた。――ここは勝負どころだな。

「……！　生徒か、何の用だ。今この放送室の扉は開けられない」

突然しゃきっとした主任の声に向かって、咳払《せきばら》いを一つする。

「初鐘ジンに言われて来たのですが」

僕はカマをかけた。扉の奥で息を飲む声が聞こえて、ばたばたと音がした。

それから、放送室の扉が開いた。

「お前……二年二組の斬桐《きりとう》だな？」

白い扉から顔を出したのは、あざだらけで額に紫色の斑点を作った学年主任だった。

「……！　どうしたんですか、その顔？　殴られたんですか？」

追い出されないように、さっさと放送室の中に入る。

放送室の中には長デスクの上に放送機材やマイクが並び——そのほかは、荒れ果ててい た。ラックからは本や放送部員の証書が飛び出して床に転がっている。筆記用具やセロフ ァンテープが乱雑に投げられた跡があり、飾りらしい「ＯＮ　ＡＩＲ」のランプも枠を割 られて無残に床に滑り落ちていた。

「なんだ、お前、ジンの仲間じゃないのか……？」

主任は怯《おび》えた様子で僕を見る。首を振った。

「あぁ……これは、何もない、何もないんだ……そうだ、二年二組の件で聞きに来たの か？　放送通り、出し物は再開していいぞ……」

「ジンに殴られたんですね。ついでに口封じもされたらしい」

周囲を見るに荒らされてはいるが、魔法は使われていない。ただ魔法云々《うんぬん》を抜きにして もこれは間違いなく事件である。教師が生徒に暴行を加えられているなんて。

「やめてくれ。大事にしたくない。手当もいらない」

主任教師はそう繰り返した。なにか恐れるような口ぶりが気にかかった。

「では言わない代わりに一つだけ。初鐘《ういがね》ジンはどこにいるのか知っていますか」

「しっ、知らない。本当に！　俺だって知っていたらそんなん、教えるに決まってるだろ！」

学年主任はやや怒りを含んだ声でまくしたてた。この件には関わってほしくない。しかし、ジンを捕まえるのなら協力する。学年主任は「ジンを捕まえたら成績を上げてやろうか」と、冗談にしては笑えないことすら言ってきた。

「結構です。ここにジンがいないならいいんです。ありがとうございました」

さっさと頭を下げて僕は放送室を出た。後ろで部屋に鍵がかかる音がした。

廊下で一人佇《たたず》む。推理の時間だ。

探偵モノは全く得意ではない。見たことあるのは名探偵コナンだけ。コナンで得た知識を活用して、何が起きたのか考える。

放送室で暴行が行われた。犯人は初鐘ジンだろう。何が目的か？

まず……よくある名探偵だとか刑事モノならば、「この事件によってどう得をするのか」という部分をまず考える。ホワイ・ダニット、だっけ？

例えば、放送室を荒らすのが目的……ではないだろう。もし盗みが目的なら、元々放送室に何があったのかわからない。僕の手に負えないのでその可能性は追わない。

次に、教師を暴行したい可能性。あり得なくはないが教師の態度がおかしい。教師は脅されて何かを隠している。教師にとって不都合なことをジンは知っていて、それで脅した、のだろうか？　なぜ？　何かをさせるためか？

何かをさせる……学年主任がしたのは放送程度で、他には何も……。

短絡的な考えで、一つ、思い浮かぶ。

例えば、放送をさせること自体が目的なら。放送で、僕ら二年二組の模擬店を再開させることが目的なら。

目的が、文化祭の存続なら。

脳裏に浮かぶ、委員長が「ジンが『ソントク』の前身」と言っていたこと。もしかして委員長がジンに頼んだことではないのか。指示したのはカツ委員長、実行役が初鐘《ういがね》ジンなのではないか。学年主任の弱みを握り、暴力を絡めて学年主任を思い通りに動かしたとしたらどうだろう……。

わざわざそんなことをするのか？　文化祭の模擬店を再開させるために？　そんな内心に反し委員長ならやるだろうという予感もあった。思考のピースとピースがはまる感覚。

「これが妄想だったらだいぶ恥ずかしいな……」

つい弱気なことを言いそうになるけれど、もし全然違ったらボケまくって誤魔化《ごまか》そう。

そう決めて、委員長を問い詰めるために文化祭実行委員室に駆けだした。

24
「委員長、お時間いいですか！」

僕は文化祭実行委員室の両開きの扉を開いた。中では数人の実行委員がカツ委員長と話し終わったところだったのか、ちょうど僕の隣を通り過ぎて部屋から出ていった。

「どうした」

カツ委員長は右の頸部《けいぶ》を押さえて言った。やや疲れた様子だった。

「さっきの放送についてです」

「あぁ、出し物が再開して良かったな」

カツ委員長は平然と言った。言葉に詰まる。

「……何か問題だ、と言いたげだ」

「はい。ジンが学年主任に暴行を加えました。恐らく何か弱みを握っていると思われます」

「盗撮写真の件だろうな」

「……盗撮？　一日目のですか？」

「あぁ」

教師の様子を思いだす。何かを隠していた態度。ジンに反抗するなら協力すると言いつつ、自分の身に何が起きたのか徹底的に隠そうとする姿勢……。

「……主任、盗撮していたんですか？」

「あの配信はある一連の盗撮事件の一端に過ぎない。この学校では昔から盗撮写真が裏で出回っているんだ。その顧客が学年主任だったのだろう。ジンはそれを使って脅した……というのは俺の妄想だが、まぁ、そうだろうと思う」

委員長は興味なげに、机の上の書類に視線を戻した。

「そこまで把握しているってことは、委員長」

真っすぐ視線を向けると、彼は僕の視線が鬱陶しいかのように一瞬顔をしかめて言った。

「俺に確認せずとも、斬桐《きりとう》は気が付いているのだろう？　俺がジンに命令して二年二組の模擬店を再開させるように頼んだ。手段の指定はしていないが、ジンは果たしてくれた」

「果たしたって……暴行を受けている人がいるんですよ!?」

「この件をはたいてみろ、埃《ほこり》が出るのは必ず学年主任の方だぞ」

「だとしても、問題は問題です」

「だが、その問題は俺の仕事じゃない。斬桐が告発したければそうしろ」

やはり興味がなさそうに委員長は言い放つ。いよいよだな、と思った。

「それでいいんですか？　委員長、お言葉ですが、危ういです」

「危うい、とは？」

眼鏡をやや下げて、委員長は僕を睨《にら》んだ。彼の在り方は危うくて、不安定だ。彼は文化祭存続のために犯罪だろうと何だろうと見逃す。彼に何を言うべきか。僕は行動を改めるように説くつもりか。

だが、僕も委員長を改心させることは目的ではない。それは僕の仕事じゃない。

「……ジンは何処《どこ》ですか。僕が知りたいのはそこです」

ジンを見つけなければならない。『魔法売り』こそが僕の目的だ。

「知らない。俺がジンを制御しているわけではない。ジンは俺に協力してくれているだけだ」

カツ委員長は顔色一つ変えずに手元の埃を払っている。虫を見つけたのか、委員長は素早い動きで机をぱん、と叩《たた》いて、それから手をティッシュで拭った。

「斬桐はジンをやたら気に掛けるな。勘違いしているようだが、彼は悪い人間ではないぞ」

「本当にそうですか？　犯罪も見逃す人間の善悪基準が役に立つとは思えませんが。僕は……上手《うま》く言えませんが、彼を見つけなければならない。大きな悪事を企《たくら》んでいる可能性がある」

「アイツは悪人ではない。自由ではあるが」

「信用なりません。委員長にとって悪って何ですか」

「善悪論など興味はないな。インスリン投与が糖尿病患者には善で、低血糖患者には致命的な毒なように、毒も薬も善も悪も根っこは同じだ。見る方向の違いでしかない。少なくとも文化祭存続を目的とするなら、初鐘《ういがね》ジンは善だ」

納得できない。反抗的な視線が気に障ったのか、彼はかったるそうに首を軽く回し、目頭を押さえた。

「いいか斬桐《きりとう》。文化祭実行委員会にとっての善はたった一つ、文化祭の存続だ。一蓮托生《いちれんたくしょう》、死なばもろとも。入ったからにはこの方針に従ってもらう」

「……なぜそこまでこだわるんです」

委員長に睨《にら》まれる。彼の押さえた目の縁に血が溜《た》まっていた。

「伝統だよ、この熱気は」

「答えになっていない。委員長が文化祭にこだわる理由は何です」

ため息をつかれる。委員長室の椅子が引かれてがたがたと音を立て、彼が立ち上がる。奥の窓の光が遮られ、彼の背後から後光が差すように見えた。

「絶対にだ」

大きな体が僕の前に立ちふさがり、背筋が冷たくなった。

守護者。そんな言葉が脳裏に浮かんだ。彼はこの文化祭を守り、生徒たちのために動く要塞だ。彼の厚い胸板から放たれる威圧の前にすくみあがりそうになる。

「絶対に、熱気が何かに敗《ま》けるようなことがあってはならない」

25

廊下で独《ひと》り言《ご》つ。

まず、何が問題であるのか整理する。……委員長が文化祭に妄執していることか、「ソントク」の仕事か、魔法使いをかくまったジンの行方か。

答えは一つ、ジンのことだ。大切なのは『魔法売り』を探すことだ。

いよいよ魔法が迫ってきている。暴れ出した魔法使い、この学校に潜む『魔法売り』、増えた魔物……。もしこの学校が魔法で汚染されればただでは済まない。

「冷静になろう」

廊下を歩く生徒たちに視線を向ける。

大柄なアメフト部らしき男子たちがメイド喫茶からほくほくと出てきた。「天文部の新感覚プラネタリウム『さよならスピカ先輩』いまなら席に座ってご覧になれまーす!」「映画部『スプラッターVSハンドスピナー』第二視聴覚室で上映中でーす! お兄さんどうですかー?」多くの明るい声が飛び交う。女生徒集団が「二年八組 吐き出さずに飲めたら無料『マーライオンコーヒー』」の看板前で群れてスマートフォンの内カメラに向かってピースしている。

　ジンはいない。浅黒い肌、金髪、すらりとした長い足はどこにも見えない。人を掻《か》き分け、探さなければならない……。

「シズキくん！」

　腕を取られた。気が付くとヒバナが僕の手を掴《つか》んでいた。彼女は額に汗を滲《にじ》ませ、チョーカーに手を当てて緩ませていた。

「どこに行っていたの？　探したのよ」

「すいません」腕を掴まれながらも歩く。

「待ってよ」

「ジンを探し出さなければいけないんです。いよいよ、悠長に遊んでいる場合じゃない気がします」

　進めど人の波に押し返される。ヒバナは僕の手を放さず、それどころかより強く握ってきた。腕ごと引き寄せられ、ヒバナの方に真っすぐ向かい合わせにされる。

「……少し休みましょう？　シズキくん、疲れてる」

「そうですか？　全然いけます」

「ダメ」

　ヒバナに正面から見つめられ、つい僕はやや視線を逸《そ》らした。

「それにっ！」

手を放され、代わりに僕の頬《ほお》が彼女の冷たい指で掴まれる。むぎゅっ、と頬が潰れたまま、彼女の方へ強制的に顔を固定される。

「全然文化祭らしいこと、していないでしょう!?」

26

薄暗い体育館には陽気な音楽が流れていた。

その時間の体育館ではスウィングジャズ部と吹奏楽部の合奏イベントが行われていた。

体育館一杯に人が詰まり、緑のシートの上で立ちっぱなしで曲を聴いている人も多くいる。

そんな人の波を通り抜け、舞台袖に倉庫方面から入り、舞台袖の階段を登って体育館の二階へと向かった。歩く間、ステージの至近距離から地鳴りのような迫力の演奏が聞こえる。

「こっち来て、シズキくん」

体育館二階、確かキャットウォークと呼ぶ狭い通路でヒバナが手招きした。

僕はヒバナの隣で壁に寄りかかった。周囲には撮影係の文化祭実行委員たちが通路に座り込んでいる。

「ほら、特等席でしょ？　下の階だと混んでてこんな近くで聴けないわよ」

音を浴びているとなんだか気が抜けて、さらに壁にもたれかかる。冷たいコンクリの壁が体の熱を冷ました。

「私も座っちゃお」

ヒバナはスカートの下に手を通して足を折り畳んで座った。

ヒバナと並んで曲を聴く。

暗い体育館と明るいステージ。トロンボーンにドラムの重低音が胸を打つ。金管楽器が楽しげに音を響かせ、木琴が可愛《かわい》らしく鳴り、キーボードが自由に音を遊ばせる。部活動がさかんな雲雀《ひばり》高校だけある、かなり上手《うま》い演奏だった。

特に迫力あるドラムが頭抜けた技術を発揮している……とステージを見ると、ドラムは月山《つきやま》がるだった。彼女は帰宅部であるが、ヘルプで入っているようだ。

「……どう？　休んだらむしろ焦るって人もいるけれど……」

ヒバナは不安そうに声を上げた。僕を慮《おもんぱか》るように下から顔を覗《のぞ》き込んでくる。

「いえ」

体の力を抜いて答える。ジンの行方は気になる。

しかし、気にしても仕方ないのだ。

ライブで位置を把握している盗撮魔ですら苦戦したのに、この人の波で個人を見つけられるわけがない。僕はそれがわからない程度に焦っていたのだ。

「ちょうど良かったです。一度冷静になって……結局できることなんてそう多くはないと再確認できたので。今は休憩しておきます」

ジンを探すならば人が捌《は》けてからが良い。もし既に学校に居なければミコさんに報告。委員長を問い詰める最終手段もあるが、文化祭第一主義の彼を文化祭中にしょっぴくのはあまりに残酷だ。どちらにせよ、行動に移すのは文化祭が終わってから。今は休むべきなのだ。

わーっ、と会場から拍手が聞こえた。曲が終わったようで全員が楽器を美しく空に向けている。

『今の曲はっ、ミシェル・カミロで「Ｏｎ Ｆｉｒｅ」でした！ いや〜、まるでこの雲雀《ヒバリ》祭のように、盛り上がる曲でしたね！』

ステージにぴょんと出てきた女生徒はマイクを持ち、ハキハキとした声でナレーションをし始めた。

「あそこにいるの、月山さんじゃない？」

ヒバナはドラマーを指して耳打ちしてきた。頷《うなず》きで返す。

『今の曲のソリストは〜⁇』

ジャカジャカジャカジャカジャカジャカ。楽器が鳴った。

『主食はプリッツ！　部活のおやつタイムは彼女なしでは語れない！　トランペットの鈴《すず》木《き》ナオがお送りしました！』『フー！』『ウォウウォウウォウ！』

　楽器が上下に動かされる。暗い体育館に反しステージ上は鈍い金の色をした楽器が照明に照らされてキラキラと輝いていた。文化祭っていいなぁ、と思った。

『もう一人！　本日は長風呂で風邪を引いた佐藤《さとう》に代わって駆り出された超絶技巧の帰宅部ドラマー！　譜面暗記はお手のもの、勉学には生かされない天才ジャズメン、月山《つきやま》がお送りしました！』

『フー！』『ウォウウォウウォウ！』ステージ下に目を向ける。囃《はや》し立てる声を上げているのは、前列に並んだ吹奏楽部員だった。

　ステージ上では囃子《はやし》に合わせて月山がるが心底気持ちよさそうにドラムを叩《たた》き、その技巧で「おっ」と観客が沸く。気を良くしたらしい月山がるはさらにドラムを打ちまくり、表情がとろんとした目の心底気持ち良さそうなものだから顔芸にしか見えず、客席から笑いが起こっていた。

「遠くから眺めていればこの雰囲気も微笑《ほほえ》ましいものね。やっぱり文化祭って人さえ少なければ良いイベントだと思うのだけど……」

「祭り要素の全否定じゃないですか？」

　ヒバナはこんな時でも物憂げにステージを見つめていた。白くすらっとした目鼻立ちがステージから照らされて輪郭が輝いている。ヒバナは美しい。

「なんだか」

ヒバナはふふっ、と薄く笑い、

「私、はじめて文化祭実行委員入ってて良かったと思ったわ」

僕はやっぱりヒバナのことが好きだなぁ、と思った。

「そうですねぇ」

ヒバナが、僕の肩に頭を預けてきた。

「確かに、良かったです」

何か茶化《ちゃか》すのも不誠実な気がして——彼女の爽やかな匂いと共に、次の曲に入ったステージ上に意識を向けた。

悪くない文化祭だ。そう思った。


演奏が終了してバラバラと体育館から人が捌《は》けていった。ステージの強い光が消え、体育館には退室を促す穏やかなＢＧＭが流れている。

「私、この後シフトでナース服に着替えなきゃいけなくて……誠に遺憾なのだけど」

「行かん、のではダメですか」

「は？」

ヒバナの顔は怖かった。体育館の照明が半分落ちて薄暗いせいだろう。

「この後というと……もう次の次が文化祭バンドなので、僕は裏方に入らないといけないですね」

この後文化祭バンドの裏方として準備がある。昨日モメた、あの『音楽バカ』と委員長の合奏によるライブである。

「そうね、悪いけれどその仕事はシズキくんに任せるわ。委員長も許してくれるでしょう、当日組もクラス優先ということにはなっているもの」

「ヒバナのナースが見られないのは残念ですが」

「私としてはよかったわ。どうせ、シズキくんのことだからナース服の下まで想像するのでしょう？」

「はは」

「否定しなさいよ……」

体育館はほとんど人が捌《は》け、次の観客がまばらに入ってきている。そろそろ僕らも出ないと、と動きだすと、ヒバナはまだ背中を壁に預けたまま髪をくるくる弄《いじ》っていた。

「ナース服、シズキくんに見られなくて良かったわ、本当に！」

ヒバナはそう言って踵《きびす》を返し、キャットウォークの奥、降りる方へつかつかと進んで行った。

27

舞台の裏方として舞台上を眺めた。次のライブの準備をするべきだが、つい目を惹《ひ》かれた。

壇上にいるのはマジック部の「マジック・ザ・キャサリンズ」。三人の男子生徒がピンクのフリルを纏《まと》い、赤と白のステッキを持った女装姿でシンクロしながらマジックを披露していた。帽子から花束が出る。中々上手《うま》い上に、途中で誰かが失敗しても、ガタイの良い女装生徒が心底慌てたように立て直す様子まで含めて面白いものだ。

「シズキ、よそ見」

「あぁごめんなさい」

暗い舞台裏に、汗を滲《にじ》ませ細長いタオルを首に巻いた月山《つきやま》がるがいた。

「がる。演奏、良かったですよ」

「知ってる。わたし、天才だから」

がるはタオルで顔を拭きながら平然と言う。さっぱりしたところががるの良いところで、同時にトラブルを生むところである。

僕は近くに散らばっていた太いケーブルを手にし、舞台袖から舞台背面の方に入った。

多くの実行委員が手に何かを持ち、指示をしながら細い舞台裏の道をなんとか行き来している。

「委員長、珍しく遅い」

がるは僕と並んでケーブルを運びながら言う。見回すと、舞台裏にはカツ委員長がいなかった。

「はやく来てくれないと、」

がるが舞台の隅の暗がりに目をやった。

「ノベル、そろそろ緊張で死ぬ」

月山《つきやま》がるの視線の先で、初鐘《ういがね》ノベルは舞台裏の隅で作業もせずにじっと固まっていた。彼女の手には朝に見た包装の箱が握られている。なるほど、委員長が来たらプレゼントを渡すらしい。箱は指に沿って少し縁が潰れていた。

「……話しかけない方が良さそうですね。僕は……委員長室の様子見てきましょうか」

「ん」

委員長が遅れるなんて珍しい。忘れているわけではないだろうが、万が一もある。僕は文化祭実行委員室まで小走りで向かった。

僕が文化祭実行委員室の両開きの扉の前にたどり着いた時、ちょっとした日曜劇場が繰り広げられていた。

「うるさい！　学年一位は取っているだろう!?　約束は守っている！」

閉じた扉の向こう側から、委員長の荒らげた声が聞こえた。

「全国模試の方も約束していただろう。そっちはどうなったと思っている。お前の思うほど医科大は、社会は甘くないぞ」

そしてもう一人、低く落ち着いた男性の声が聞こえた。

「なぁカツヒサ。別にお前の自由を完全に奪うなんて話はしていない。ただの費用対効果の話だ。この数年努力するだけで、これからの未来がどれだけ変わると思っているんだ？」

「ああ、どれだけ変わるんだ？　教えてくれ、父さんみたいに女性を金で買うのが上手《うま》くなるのか？」

扉の奥で委員長の声は興奮したように、『父さん』と言った。

「……口の利き方に気をつけろよ？　誰が学費を出していると思っている？」

もう一人の低くよく響く声。これが、委員長の父の声だろう。

「その学費で文化祭は行われている。学生は勉強だけじゃない証明だ」

「だから、文化祭は馬鹿らしいんだ。別に参加するのは構わない。だが、人生に汚点を残すほどのめり込む価値は断じてない。お前は何を意固地になっている？」

とてもじゃないが中に入れない。中にいるのはカツ委員長とその親なのだ。親が委員会室に乗り込んできている。なんだか、色々起きてるなぁ……。

「……何がわかるんだ」

「父さんはお前より物事をちゃーんとわかっているさ」

「何がわかるんだ！　俺は、俺は、父さん、ずっと言いたかったんだ、アンタのようになりたくなどない」

――続けて重々しい無音。廊下まで漏れ出たただならぬ気配で道行く人が両開きの扉に目を向けている。文化祭実行委員室に近い二年七組の生徒も引きつった顔をこちらに向けている。早く終わって欲しい。

「今だけは俺が文化祭を取り仕切る主《あるじ》だ。出ていけ。出ていってもらう」

「……はぁ。もう、……好きにしろ。王様ごっこなんて、父さんは小学生の時に飽きていたのだがな。母親に似たのだろうかね」

どすん!!　ガラガラガラ、と音が響いた。

それから、両開きの扉がぎい、と開いた。中から灰色の中折れ帽が見えた。

扉を開けたのは五〇代ほどに見える男性で、カツ委員長に似て四角い顎の骨格をしている。整った髭《ひげ》に妙にギラギラした瞳の、お金のありそうな紳士という風だった。

「どうも、失礼」

男性はそうとだけ言い、帽子に手を当てて去っていく。男性の出てきた超絶入りにくい空気の門、通称実行委員室の扉に、僕は恐る恐る手をかけた。

「ど、どもー？　斬桐《きりとう》シズキでーす、あー、ちょうどいま来ましたーハハハ……」

何に言い訳しているのかわからないまま低姿勢で部屋に入ると、委員長は僕から見て背を向けた状態で立っていた。

「あぁ、どうしたんだ？」

振り返った委員長は、いつも通りの顔に見えた。

部屋は机の中央部だけまるで薙《な》ぎ払われたかのように何もなく、机の横から斜めに大量の書類が床へと零《こぼ》れ落ちていた。惨事だったが、見えないフリをした。

「あの、文化祭ライブ、的な、委員長は控え室に居ないと、的な？　いや別にまだ全然ゆっくりしてもらって構わないんですけれどね？　一応、ってやつですね、ハイ……」

恐る恐る言葉をかけると、一点を見ながら委員長は手に添えていた書類を片手で握り潰し、そのまま固まった。

多分、一〇秒か、二〇秒かそのぐらいの沈黙。僕の体感では無限だった。引き延ばされた無音の後、

「……そうだな、向かう」

とだけ、言った。僕は息を吸った。

「じゃあそれだけですので、ハイ、失礼しましたーッス……」

すぐに踵《きびす》を返して部屋を出た。どっと疲れて、座り込みそうになる。目に入る二年七組の「ロシアンたいやき　現在ＳＳＲヌガーチョコ」の立て看板。もっと普通の甘いものが食べたい。

仕方なく、とぼとぼ歩いて体育館へ向かった。それにしても、親と子供というのはどこも大変なものなのだろうか。僕は千歌《ちか》さんに感謝しようと思った。

28

ここからが正念場。二日目メインイベントの文化祭ライブである。

マジック部の出し物もラストスパート、ステージ上の生着替えに突入している。リハーサル通りならこのあと着替え用の円柱の幕が落ちると同時に肌色タイツ姿の男子生徒が現れ悲鳴を上げ、全身から鳩《はと》を出してフィナーレに入るはずである。

舞台の裏では多くの機材がセッティング済みになっている。黒光りするコード、機材、楽器、音源の入ったパソコン……。それらが並ぶ中、一人の白衣の女子が目に付いた。

月山《つきやま》がるはミニスカナースの姿で音響をチェックしているらしく、ヘッドフォンを着けながらパソコンの前にいた。僕を見つけるとヘッドフォンを外し、無表情のままひらひら手を振ってきた。

「がる、着替えてきたんですか？」

「ういー」

出会いがしらにこつん、と拳をつき合わせた。いつものグータッチ。

「で、その服は」

「ナースカフェ、宣伝係。任命されてた。忘れてた」

「なんで宣伝しに行ってないんですか？」

「演奏前の空気って、心地よい」

何も答えになっていない。相変わらず周囲の男子生徒の目に毒な月山がるだった。

「それに、ノベルも心配」

がるの視線の先には、まだ緊張した様子の初鐘《ういがね》ノベルがいた。

「……さすがに声かけましょうかね」

近くに寄ると、それまでノベルは瞑想《めいそう》状態だったのか突然はっ、と視線を上げ、周囲を見回し、僕を見つけると驚くべき速さで駆け寄ってきた。

「し、しししししシズキっっち！」

「顔近っ」

手で彼女の顔を遠ざける。接吻《せっぷん》寸前まで顔を近づけて話そうとしてくる彼女は、いつも以上に挙動不審で何かを僕に伝えようとしていた。

「あの、すーはー、あのね、あのねっ、ライブの映像だけ！　撮っといて！」

突然手渡される重いカメラ。映像カメラ研究会が使うような、ちゃんとした一眼レフだった。傷一つない外装が黒く輝いた。

「……これ自費で買いました？」

「待って。今うちいっぱいいっぱい。その話はしないで」

「なぜ僕はカメラを渡されたんでしょう」

「撮るからに決まってるっしょ！　シズキっちが！　文化祭ライブ！　委員長のこと、ちゃんと撮って!!」

説明不足の初鐘《ういがね》ノベルからちゃんと話を聞くと、これから行われる文化祭ライブをノベルは見ることができないらしい。しかし、委員長が演奏する場面はなんとしても見たい。よって僕はカメラを回し、委員長のライブを撮ればいいのだという。

「何の予定があるんですか？　代わりましょうか？」

「や、ダメ。直接見たらちょっと、うちがやられちゃう。うちってそういうトコ奥手って自分でわかってるからさ、憧れちゃうとダメみたいな？　ステージの上でカッコよくされちゃうとさ？　その時点で満足しちゃう、みたいな？　だからさ、あえて見ないの。代わりにシズキっち撮っててほしい。委員長のライブ」

「……なんの話ですか？」

「だからっ！」

ノベルは後ろ手を組み、怒ったように頬《ほお》を膨らませた。

「……うち、いいんちょに告ってくる。だから、あえて見ない」

赤らんだ頬に、潤んだ瞳。恋する乙女の顔は、彼女なりの武装に見えた。

「いいんちょ、忙しいからライブ後しか空き時間ないし。後夜祭入ったらうちら実行委員は忙しいじゃん？　だから最後のチャンスなの、最後のチャンスなの……！」

声を圧《お》し絞るように小さくしていくノベル。彼女らしくない口調から並々ならぬ覚悟を感じた。

「……わかりました。僕は委員長が演奏するところを撮っていればいいんですね」

「マジで、マジ頼むよ。撮れてなかったら一生ボコす」

「恨むぐらいにしてください。それに、見る必要はないと思いますよ」

「なんでよっ！」

「だって恋人になるんでしょう」

初鐘ノベルは泣きそうなぐらいに赤くなった顔を、はっとして両手で拭い、ニヤと微笑《ほほえ》んだ。それから僕の脇腹あたりに猫パンチをぐりぐり押し付けてきた。

「……！　なんだよぉわかってんじゃん！　そうだけどね？　まぁ、うちはイケるんだけどね？　よし、よしよし。ありがとシズキっち！」

何度も頷《うなず》き嬉《うれ》しそうなノベルに意識を向けていると、背後から床板の軋《きし》む重い音が聞こえた。

「仲が良いんだな?」

ノベルの口が岐阜県みたいな形になって固まる。後ろを見ると、カツ委員長の四角い胸板の表面積が迫っていた。委員長は右足を庇《かば》うような、やや傾いた姿勢だった。

「い、い、いいんちょ!」

「ふっ、どうしたんだねノベル」

微笑む委員長はやや疲れているように見えた。以前なら控室から出た瞬間に威圧感で存在がわかりそうなものだったけれど、今はやや背中が丸く、姿勢も不自然だ。

「それに、斬桐《きりとう》も」

真っすぐ見つめられてつい目を逸《そ》らす。正直、僕は委員長室でのいざこざを見た後なので気まずい。「まぁ」とだけ返す。

「い、い、いいんちょ!」

もう一度ノベルは大きな声を出し、僕を横に突き飛ばした。

「ぐえ」

脇腹に刺さるノベルタックル。くの字の体で横に押しのけられる。彼女は手に持った何かを握りしめ、委員長に対峙《たいじ》したのが僕から見えた。

「はい!!!　たたたた、誕生日、おめでとうございますっ！」

それから、くしゃっ！　と遠くまで聞こえる音でノベルは箱を握り潰して渡した。疲れ気味の委員長もちょっと驚いている。

「じゃ、じゃあ待っています、ので！」

ノベルは若干らしくない語尾になりながら、しゅばばっ、と敬礼してからマジック上演中のステージを横に突っ切って去っていった。鳩《はと》が出た瞬間に初鐘《ういがね》ノベルがステージを横切るものだから、想定とは違う低いどよめきが客席から聞こえた。

残された委員長は少し呆《ほう》けた様子で、潰れた箱のリボンを弄《いじ》っていた。

「なあ斬桐……」

リボンを指先で解《ほど》きながら、委員長は声をかけてきた。

「さっきは恥ずかしいところを見せたな」

「お気になさらず、親がらみの痴話喧嘩《ちわげんか》は二度目なので。慣れました」

「ふぅん、さすがの人生経験か……で、この財布、高いと思うか？」

委員長の手には、黒の革らしき材質のきめ細やかな編み目のついた財布が握られていた。金具は金色でいかにも高そうだった。

「ブランド品っぽいですね、や、でも、保存とかせずちゃんと使ってあげた方がノベルも喜ぶと思いますよ？　使いましょう、すぐにでも」

僕が何に饒舌《じょうぜつ》になっているのかわからないらしい委員長は首を傾《かし》げ、それから懐からダサいマジックテープ財布袋を取り出し、

「そうだな、替えるか」

と言った。

29

二日目のライブ前。マジック部が終わり次の客が出入りする最後の一〇分、僕らは忙《せわ》しなく動いていた。

光がステージに差している。舞台裏から見ればスポットライトの光はぎらぎらと客席が見えないほどに照り、天井に花火が上がっているのかと見紛《みまが》うほどの輝きだった。

ステージ上には既に軽音部が待機しており、ギターとキーボードとの最終調整をしているようだった。壇上のボーカルである軽音部部長は胸に手を当て深呼吸していた。

僕は舞台裏で委員長の背中にヒモを通し、たすき掛けをしていた。

「委員長」

「なんだ」

カツ委員長は前を向いたまま、首の右側にのみかいている大粒の汗を拭った。

「具合悪いんですか?」

委員長はもう一度汗を拭う。

「いや」

「顔色悪いですよ。委員長、なんだか……お父上と話してから体調が悪いんじゃないですか? それとも、光が強すぎますか?」

「ただの緊張さ、俺だってする」

「僕、今委員長の右足の小指を踏んでいるんですけれど」

委員長はゆっくり振り返り僕の方を見て深く長く息を吐いた。

「……あぁ、そうか、そうか」

「委員長、右半身が麻痺《まひ》していますね? いつからでした? 中止にしましょう」

「やめろ」

そう言うと思っていた。僕と彼の視線が交差する。

「俺は調子が悪くなどない。文化祭を盛り上げるのは、いいや、文化祭を遂行するのはこの俺だ」

「すぐにみんなに伝えます」

腕を掴《つか》まれ、ねじ上げられる。とっさに掴んできた委員長の腕を僕も掴んで、ねじらせないように止める。彼の力も強い。僕らはじゃれ合うのに似た格好で全力の力比べをしていた。

「……暴力でもいいですけれど、僕は委員長に振るいたくありません」

「同感だ、斬桐《きりとう》には勝てない気がしてきた。お前の細腕にこんな力があるとはな、舐《な》めていた……」

ぐぐ、ぐぐと、僕は自分の腕のロックを外して、ついに拘束から解放された。お互いの荒い息。動く周囲、すぐ近くで鳴るベース。

「だから」

委員長は、僕に真っすぐ向き合った。

「頼む」

委員長は腰を直角に折って、僕に頭を下げた。

「……やっぱり、やめる気は無いんですね」

「無茶《むちゃ》をしているのはわかっている。ずっとだ、ずっと。俺が馬鹿なことをしているのをわかっている。だが、見逃してくれないか。今日だけでいいんだ」

委員長の頭頂部を見ながら、どうしても疑問が膨らむ。委員長、あなたは一体なぜそこまで文化祭にこだわるんだ。

「大丈夫だ。俺は大丈夫だ。いざとなれば魔法だってある」

委員長はやや微笑《ほほえ》んで言った。

委員長の代わりに、今度は僕が固まった。

「……魔法？」

「詳しくは言えないが、俺は大丈夫だ。魔法というのも比喩じゃない。俺は……」

「委員長、魔法使いなんですか!?　ちょっと、えーっとすいません、頭が混乱しています。『魔法売り』……じゃなくて、委員長は魔法使い……？」

もう、なんか色々起こりすぎている。頭痛がしてきてこめかみを押さえる。委員長が、この学校に潜む魔法使いだったのか？

「混乱するのも無理はないか……俺だって、この現実に魔法があるとは思わなかったからな」

「そういう意味じゃないです……」

委員長は大粒の汗をたらしながらもやや誇らしげな風に微笑んだ。違うんです委員長、僕も魔法使いなんです。この学校に潜む魔法使いとは、委員長のことなんですか。それとも……一瞬の間に言いたいことが詰まって、出ない。

『すいませーん！　次、軽音部の皆さん入ってくださーい！　委員長もスタンバイお願いしまーす！』

「すいませーん控室入りまーす！」

拡声されたアナウンスが奥から聞こえて人の波に押しのけられる。マジック部のタイツ男たちが流れてきて、汗の匂いと人の波が一気に襲い掛かる。流されて委員長と分断された。

「斬桐《きりとう》、行ってくる」

「待って」

舞台袖から幕の裏へと委員長は歩き去っていく。舞台の光の中へ委員長は歩み去ってしまう。嫌な予感がする。委員長に話を聞くべきじゃないか。

僕が一瞬迷った間に、観客が沸いた。幕の裏から堂々と現れた委員長がたすき掛けした制服にスティックを持って、ステージ上に大股で向かうのが見えた。

「きゃーっ！」「こっちむいてー！」

ステージには強い光が満ち地鳴りのような歓声が響く。最前列の『ＬＯＶＥ根性』のうちわを持った女生徒。背中で語る委員長はまるでスターだった。彼の容態は気になるけれど、ノベルに頼まれたことも済まさなければならない。

僕は混雑した舞台袖、倉庫方面を抜けて客席に素早く降り、パイプ椅子の並ぶ客席の脇からカメラを構えた。

「いいんちょー！　頑張れー！」

客席から見た委員長はイケメンだった。先の具合の悪さなど感じられず、四角い顔には気迫が満ち、高校生とは思えない貫禄《かんろく》と自信に満ちていた。

「根性―――――――っ！！！！」

厚い胸板をステージに向かって張り、拳を突き上げる。客席も叫ぶ。「根性ー！」。コールアンドレスポンスみたいになっていた。

委員長は白い歯をニッと見せ、スティックを天井に投げてノールックでキャッチした。歓声が起こる。黄色い声が多く、ちょっとしたアイドルみたいだ。普段の委員長を知る者からすれば、中々面白い光景のような気がする。

「ちっ、なんだよ……」

舞台上の軽音部部長が不服そうに言ったのが聞こえた。すっかり軽音部の舞台から委員会の舞台へと変貌を遂《と》げてしまった体育館。口端を歪《ゆが》ませた軽音部部長、その他部員たち。

そしてドラマーの委員長が満足げにドラムの前に座った。

「一曲目、いくぞ」委員長が声を上げる。

盛り上がっていた客席が徐々に静まり、期待に満ちた目を向ける。

かん、かん、かん、委員長は頭上でクロスさせたスティックを鳴らし、リズムをとるスティックが床に落ちた。からんころんと音を立ててステージの床に落ちる。

そして、静寂。

委員長は固まった。客席は静まりかえったままだった。

「え、なに」「どしたん？」「事故？」「演出っしょ？」

客席がざわめきだし、舞台上でも事態を把握していないバンドメンバーは固まっていた。委員長は目から頬《ほお》にかけて痙攣《けいれん》し、指ががたがたと震えている。まるでアルコール中毒かのような様子は、明らかに異常だった。

「委員長！」

思わず駆けだした。カメラのヒモを首にかけ、舞台裏を通っていくのも面倒でそのまま舞台下から壇上に飛び乗った。委員長の下に駆け寄って肩に手をかける。

「委員長！　どうしたんで……」僕の手が触れると、カツ委員長は前に倒れた。

客席から大きな悲鳴が上がった。軽音部も異変を察知したのか立ち上がり、マイクが倒れてキイイインと音が鳴った。

「大丈夫ですか!?　委員長？　委員長！」

体を揺するも痙攣は収まらない。委員長の体は浜に打ち上げられた魚のようにぶるっ、ぶるっ、と痙攣し、目もまだ虚《うつ》ろである。

「中止を！　委員長が……！」

「や、めろ」

バンドメンバーに呼びかけようとすると、委員長に首元を掴《つか》まれた。ぐい、と地面に頭が引き寄せられる。彼の震わせた口元から血が飛んでくる。

「俺は、できる」

「ダメです。なんと言おうと委員長には休んでもらいます、これは異常だ」

「文化祭を止めるな！」

さらに、首が絞まる。顔が、四角い彼の顔が影になって目の前に迫る。

「熱は、止めない」

赤い唾を飛ばされる。目の前の四角い口、暗い顔。影になった、鬼の形相。

呆気《あっけ》にとられていると、委員長の背後の明るい舞台の照明の奥から声が聞こえた。

「頑張れー！」

客席からの女生徒の声だった。

「頑張れー！」「頑張れ！」「いいんちょファイトー！」「根性っー！」

さざなみのように音が戻ってくる。ざわざわと周囲の人の声が届いてくる。

「根性だよーっ！」「委員長！　根性！」「頑張れーっ！」「頑張れ！」「頑張って！　委員長！」「頑張れ！」「できるよ委員長！」

暗い客席、体育館上から照らしてくる照明の黄色い玉が僕らからはよく見えていて、音の出どころがわからない。

ただ、客席が繰り返した。「頑張れ」と。

明るい女生徒、乱暴そうな男子生徒の声。客席の方から歓声の波が押し寄せていた。

「まってくれ」

顔を上げた。委員長は地面に伏し、キラキラした舞台、照明の熱、まるで僕が歓声を受けているように錯覚する。声が出ない。発そうとする言葉が口の裏に張り付く。

「頑張れ！　委員長ー！」「負けるな！　頑張れ！」

その乾きは、僕が恐怖しているからだと気が付くのに数秒かかった。

「やめてください！　委員長は本当に具合が悪いんです……！」

顔を上げて客席に呼び掛けるも、目の前に広がるのは恐ろしい光景だった。

客席の生徒は誰も彼も楽しそうに、爛々《らんらん》とした瞳を輝かせて手を叩《たた》いたり、口の前にメガホンを作って嬉《うれ》しそうに声を上げていた。委員長は血を吐いている。

悍《おぞ》ましい、と思った。

直感した、みんな異常だ。文化祭は「躁《そう》」なのだ。

背筋が冷えた金属の棒になったようだった。これが熱狂。客席からはまだ応援の声が聞こえる。頑張れ、頑張って！　できるよ、委員長。

隣の地面で委員長が液体を吐いた。それは夕焼けより赤く、委員長は口端から血を流しているというのに立ち上がろうとする。彼の玉のような汗、震える手、膝が笑っていて立ち上がれていない。血まみれの生まれたての小鹿のような様相で、彼は膝をついて姿勢を持ち上げていく。

「頑張れ！」「頑張れ！」「頑張れ！」「頑張れ！」

「やめろ、やめろ！　委員長は限界だ！」

僕は声を上げる。客席は誰も聞いていない。狂った波が体育館のほの暗い客席から迫り、振動となって床を震わせている。片膝を立てた委員長がえずき血がさらに追加される。鼻から、口から彼は血を出し、血だまりは熱狂の音で波紋を描いている。血を吐く人間と、喜んで手を叩く観衆が織りなす異様な光景。

「やめて、やめてくれ!!　お願いだ！」

「いいんだよ、これで……」

客席に呼びかける僕の肩に委員長は手を乗せてくる。手を支えにして委員長は老人のようによろめきながら立ち上がった。血を流す顔下半分に対し、その瞳はまだ笑っている。

「委員長、僕が支えます！　すぐに保健室へ行きましょう、こんなの、付き合ってられない」

「俺はできる」

「できません。死にますよ」

委員長をどうにかして止めなければならない。熱狂を前に息が詰まる。どうしよう、いつもみたいに頭が働かない。客席がうるさいせいだ。どうする……。

「シズキ、まかせろ」

戸惑う僕に、後ろからハスキーボイスの女の子の声が聞こえた。

「わたしが、やる」

からん、と音を立ててスティックが拾い上げられた。月山《つきやま》がるはスティックを手にしたまま髪をかきあげ、器用に耳のワイヤレスイヤホンを外してポケットに入れた。彼女はまだミニスカナースの煽情《せんじょう》的な姿だった。彼女の白く照るナース服と、黒いハイソックスから覗《のぞ》く太ももを僕らは見上げた。

「……！　がる！」

頑張れ、頑張れ、という客席からの声がやや収まってくる。異常だと感じ取ったのか、困惑がついに広がりはじめた。

「保健室、いけ」

がるは顎で舞台裏をさす。彼女はこの場で委員長に代わって演奏する気のようだ。

「……ぜひ頼みます！　ほら委員長、がるが代わりに入ります。これなら文句ないでしょう」

「どけ、そこは俺の席だ」

委員長は僕の肩に手をかけたまま月山がるを睨《にら》んでいる。月山がるの手からスティックを奪い返そうとした手が空を切り、肩に当てられた委員長の指が食い込んでくる。彼はこの期に及んでまだ粘り強い視線を月山がるに向けている。

委員長に鬼の形相で睨まれても、月山がるは相変わらずのダウナーっぷりで動じない。

彼女は少し考えるように口に人差し指を軽く添えて、

「わたしは、」

困ったような仕草のくせに、がるは淡々と言った。

「わたしは、委員長より、ずっと盛り上げられる」

肩に食い込んでいた委員長の指が、ふっ、と緩んだ。

二人の間にしばし落ちる静寂。それを先に破ったのは委員長だった。

「……誓えるか」

「わたしは、超上手《うま》い」

「そうか」

「ん」

委員長は項垂《うなだ》れた。つう、と鼻から垂れた血がステージの上に落ちた。

「……なら、任せる。月山、頼んだ」

「フ」

月山がるは不敵に笑み、スティックを指先で一回転させた。

「いくぞ、斬桐《きりとう》……すまんが、肩をこのまま借りる」

「ええ、……がる！　ありがとう」

万感の思いを込めて感謝を伝えるも、月山《つきやま》がるから返事はない。僕は委員長に肩を貸しながら、ゆっくりとステージの舞台裏へと引っ込んでいった。

『……あー、マイク、てすてす』

出ていく際に、マイクで拡声された月山がるの声が聞こえた。

『おい月山、お前どのツラ下げて……』軽音部部長の声も聞こえた。

『やるよ。……音楽バカってのは、音楽するってこと』

ステージ裏から僕と委員長は連れ立って歩いた。舞台裏では心配そうな委員会のメンバーに見送られた。他に手伝いを求められても、委員長は強がって首を振る。

『……わかったようなことを』

『いつからだって、わたしたちは馬鹿になってもいい。……あと、今までごめん、やろ。わたし、合わせる』

ひそひそ声の二人の会話も回線に乗って、体育館の外まで漏れていた。

『ん！　ん！　ごめ、こっちの話。

……わたし、月山がる。月に山、もいっこ月に、瑠璃色の瑠で月山月瑠《がる》。二年二組でナースカフェやってる。この服、その衣装。来てね。宣伝おわり』

僕らは廊下、パーテーションに区切られた控室通路に歩み出した。壁越しに、叩《たた》き心地を確かめるようなドラムの小気味いい音が聞こえる。

『……じゃ、いくよ』

月山がるの声が聞こえた。

そして、一斉に音楽が響きだした。

30

「少し、落ち着いた。斬桐《きりとう》の隣なら多少は楽になるな……何から何まですまない」

廊下にて、委員長は俯《うつむ》きながら言った。

時刻は午後四時一五分。二日目のラストということもあって人はかなり捌《は》けていた。ぽつぽつとすれ違う人、窓から差す既に暮れ始めた陽《ひ》の光、廊下を吹き抜ける冷たい風。人の密度が下がると一気に冬が襲い掛かってきたように感じた。

「ここまで来たついでに、もう一つだけ頼みたい」

「ダメです。保健室に行きますよ」

「本棟の三階奥、臨時倉庫にしている空き教室へ向かってくれ。ノベルに呼ばれている」

——うち、いいんちょに告ってくる。舞台裏で緊張した様子のノベルが脳裏に浮かんだ。

「ダメです」

「最後の願いだ」

「それでもです。保健室に行きましょう、僕からノベルに事情を説明します。さすがに許してくれるでしょう」

「彼女はきっと、俺に好意を向けてくれている」

委員長は平然と、当然かのようによどみなく言った。

「斬桐……ここで俺の事情でノベルから逃げればどうなると思う？　俺は一時的な不調だ。ノベルは、もし俺が来なければ、俺に嫌われていたのだと思うだろう」

「ダメですって。さっきまで吐血してたんですよ？」

「いいや、絶対に行く」

ため息が出た。もう、委員長は強情すぎる。隣を向くと、例の睨《にら》むような視線で僕を真っすぐにとらえてきた。

「知っているか斬桐、この世で一番辛《つら》いことは、機会すら与えられないことだ。無視をするということは、一番の残酷である。一片の猶予もなく、相手の存在を認識していなかったことだ。恋愛に疎い俺でもわかる、彼女は深く傷つくことになる」

「委員長、実はこの世には根性だけじゃどうにもならないことがあるんです。例えば体の不調とか。あんなに具合悪そうだったのだから安静にして……」

「言い訳無用ォーッ！」

僕の肩が陥没した。鋭い痛みが走って理解する。委員長は僕が支えていた肩に対して全力のチョップを入れてきたのだ。

「……すまん、わかってくれ。すぐ保健室にも行く。だが俺は彼女に対して答えを出さなければいけない。それは文化祭と同じぐらい大切だ。一時の熱気でいいんだ、それでいいんだ、俺もノベルも。……なぁ、今のチョップだって、痛かったろう？　俺は元気だからな、力が有り余ってるんだ」

　肩を押さえていると、委員長が一人で立ち上がっていることに気が付く。口元に血の痕があるが、四角い口元を引き伸ばして気丈に笑ってみせている。

「……委員長、もう、そこまで言うならいいです……止めはしません……」

　肩が痛い……もう彼を御するなんてできないのだとわかった。好きにやらせよう。僕の恨みがましい内心を理解しているのか、彼は弱々しく笑った。

「そうか、助かる」

「でもノベルの告白が終わったら、すぐに保健室に連れていきますからね」

　委員長は頷《うなず》いて一人で歩きはじめるが、すぐによろめく。僕は素早く姿勢を下げて滑りこみ委員長の脇に頭を入れた。彼が寄りかかってきて、殴られた肩が痛む。

「……委員長がどれだけボロボロでも、やりたいようにやらせますからね。止めませんからね。手は貸しますが、もう、どうなっても知りませんよ」

　それでいい、と嬉《うれ》しそうに委員長は笑う。委員長、変な方向で献身的というか、厄介な性格をしているなぁ……。

「でも、……僕にはどうしても一つだけわかりません。委員長、肩を殴られた文句だと思って聞いて欲しいのですが」

委員長は頷《うなず》いた。

「委員長にとって、文化祭は……何がそんなに大切なんですか？　僕には、どうしてもそこだけが理解できない」

僕に寄りかかったまま委員長は歩みを進める。彼の顔は以前よりさらに蒼白《そうはく》になっていた。もし委員長が何かしらの病気なら僕にも伝染《うつ》るかもしれない。だが、そんなのは知ったことではない。僕はもうここから先は委員長と一蓮托生《いちれんたくしょう》の思いだ。

「そうだな」

委員長は深く深呼吸しながら、ゆっくりと歩み、ゆっくり言葉を出した。

「俺達は熱狂していないと、未来を見られないからだ」

彼は、その生真面目な口で確かにそう言った。

「なぁ、もし文化祭ライブで、冷ややかな空気になったらどうだったと思う……例えば俺達のライブの直前にプロが演奏なんかをしていたら、どうだったろう。答えは、俺達の下手さが際立つよな。そもそも文化祭なんぞ、展示や出し物はどれも学生クオリティだ。どれだけ頑張ろうと、大したことはない」

彼は静かに語る。彼は文化祭を何より尊重していた分、そのドライな意見は不意をつかれたような気がした。

「だから熱は冷めてはいけない。現実を見れば、俺達はただの一学生に過ぎないことを思い出してしまうからだ。自分たちのしていることが拙くて下らないことだと気が付いてしまうからだ。文化祭は、音楽は、あるいは恋も、少しでも長くこの現実を忘れられるようにしなければならない……そうしなければ前を向けないからだ」

「……『この現実』って何ですか。委員長は何を忘れたいんですか」

「なぁ、鈴木《すずき》を知っているか」

委員長は茶化《ちゃか》すでもなく、話の流れとして当然そうなるかのように、知らない人の名前を出してきた。

「三年美術部の鈴木だ。アイツはたいそう良い絵を描くのだが、中々人前で筆をとらんのだ……だが、今回は『ポスターカラーなら』と条件つきで装飾を手伝ってくれた。アイツは楽しそうだった……『美術に関わる仕事がいい』と聞いた時な、俺はなぜかひどく嬉《うれ》しくて……」

委員長は蒼白な顔で、本当にうれしそうに微笑《ほほえ》んだ。僕もそのスズキさんのことは知らないけれど、つられて嬉しくなる気がした。

「それに、一年の中村《なかむら》。知ってるか。アイツはクラスの出し物の方で、カップル限定カフェなんて、アイツ自身が嫌いそうなものを提案してな……。クラスの片隅に生える雑草、なんて自分のことを言うくせ乙女だよな。無事に石井《いしい》と付き合えたらしい。

……恋愛に必要なのは勇気だとか傷つく覚悟だとか色々な解釈があるが、俺に言わせれば必要なのは環境だ。結局のところ、熱狂という場こそが、我々を自由にしてくれるんだ……俺はそう思う……」

委員長がこんなに長く話しているのは珍しい。彼の口端に泡が溜《た》まっている。それが、奥から染み出した血の色に染まった。

「——なぁ、同じように、俺が音楽を志すことも馬鹿だと思うか？　熱気は一時的なものだと思うか？　医者が、学歴が、安定が大事か？　現実を見て平和に過ごし、無難を重んじ、挑戦せず、課された道を進むのみが正しいと思うか？

……そんなのを俺は認めん、絶対に認めんぞ……」

委員長は突然、何かを恨むように歯を食いしばった。

——僕は、委員長の事情を何も知らない。けれど彼が何を思い考えていたのか。その一端に触れた、気がした。

脳裏に同時に浮かぶ声。『お前らもそうなるんだ』。

これは、あの緑髪のヤンキーの声だ。チンピラのじっと見つめる醜い顔。炎上させるサラリーマン。なぜ今、あの男の声が思い浮かんだのだろう……。

「なぁ斬桐《きりとう》――初鐘《ういがね》ジンは悪いヤツではないのだ」

突然委員長の口から初鐘ジン、という重要な言葉が出て心臓が跳ねた。

「お前はどうにも勘違いしていそうだから、それが気がかりだ。斬桐は初鐘ジンを追っているのだろう？　斬桐は俺たちとは全く違う目的を持っている気がする」

「……ノーコメントで」

「見ていればわかるぞ。お前は何か律している人間に見えたからな」

辛《つら》そうに息を吐きながらも委員長はその瞳を僕に向ける。本当にジンは悪いヤツではないのか。

「ジンと委員長はどういう関係なんですか」

「恩人だ」

「それは、委員長が魔法使いなことと関係ありますか」

「そうだ」

委員長は真っすぐ迷いのない瞳で、その関係を認めた。

「委員長、魔法使いだと言っていましたが、何を知っているんですか。『魔法売り』は誰なんですか」

「ジンが俺に魔法をくれた」

委員長は一言、そう呟《つぶや》いた。

「魔法があれば、俺だって特別だと思えた。俺だって何かを目指すに値する人間なのだと、赦《ゆる》されたような気がした……」

「委員長に魔法を与えたのはジンなんですね？　サクラ髪の魔女に会いませんでしたか？　彼女は委員長に何か言いませんでしたか？」

「あぁ、あの人は俺が魔法を使えるようになったか時折確認しに来るんだ。『破壊魔法が完成したら見せに来い』だったかな……不思議な雰囲気の人だ。俺が魔法をちゃんと使えるようになったら弟子にとってくれるらしい……あの人は自分に会ったことを隠したがっていたから、ここだけの話にしてくれ」

――頭の中で言葉が反響する――『魔法売り』の正体はアイツだ。カツ委員長は『破壊魔法』を使うのか？　そして、何より。

「委員長、魔法が……まだ使えないんですか？　使えるようになったら、って……」

委員長は、魔法使いじゃないのか？

「まだだ」

委員長は血の混じった唾を飛ばして言う。

時間が止まった、気がした。

「だが最近は前兆を出せるようになったんだ。どうにも俺の魔法は珍しくてな、ジンは知っている魔法しか教えられないと言っていたから、少し難航しているのだ……」

『委員長、今日誕生日だからさ』

照れたノベルの声が耳の奥で響いた。委員長は高校三年生——一八歳だ。汗が滲《にじ》んで音が遠くなる。

恐る恐る、委員長の汗ばんだ首元に手を当てて、魔力を流して確認した。

魔力が体の表層を流れている。彼は魔法使いではない。魔法をまだ使えない。

「…………どうする——」

どうする、どうする、どうする。

呼吸が詰まった。突然現れたタイムリミット。選択肢を探せ、委員長が魔法を使えるようにしなければならない。今から？　委員長はもう時間的には一八歳になっているのではないか？

目の前が暗くなった。大人は魔法使いになれない。もう、間に合わない。

「あぁ、ここまででいい……」

本棟の階段を登り切り、三階、誰もいない廊下で彼は言った。

「ダメです」

「いい」

全身が寒気立つ。どうしよう。

「ここで、いいい……。いい。い」

委員長の様子が、大粒の汗が、吐いた血が逆流し、肉ごと歪《ゆが》んでいく。

「いいいいいいいいＩＩＩＩＩＩＩＩ……」

「ダメだ、どうする考えろ……委員長、委員長!! 僕がわかりますか。なんとかします、委員長！」

委員長の瞳が白目になり、肩の肉がせり上がり、頭が埋まっていく。恐ろしい、さっきまで話していたのに！ 委員長、委員長！

「ＩＩＩＩＩＩＩＩＩＩＩＩＩＩＩＩＩＩＩＩ」

委員長だったはずのものが体を内側から魔力に食い破られている。腹と口が裂け、肩の肉ごとごわごわと動き始め、人間だった名残を失わせていく。いつか地下で見た、ナギさんに似た首無しの形の魔物の姿に成ってしまう。肩の上からツノが突き出ている。触れていた肩が、人間だったはずの筋肉が、そっくりそのままの形で魔物のごつごつとした岩肌のようなモノと化していく。

「委員長……」

声をかけた。返答は無かった。全身から力が抜けて、目の前の光景が信じられなかった。

首無しの魔物が、目の前にいた。

「…………」

僕は、どうするんだ。『破壊』するしか、ないのか……さっきまで人間だった委員長を？　もう魔物になっている……。

もう魔物なのだ。委員長は帰ってこない。

魔物が駆けだした。僕から離れるように廊下を四足歩行でドスドス進むから、逃げていくものだと思った。だが違った。

魔物の向かう先には教室がある。三階奥の空き教室では初鐘《ういがね》ノベルが待っている。

魔物は、一般人を優先して狙う。

「ノベル！　逃げろ！　いるんだろ‼」

大声を出して駆けた。周囲に人はいない。奥の空き教室には彼女が待っている。

魔物が滑るようにして教室の扉に突っ込んだ。歪んだフレームが不快な金属音を立てる。

僕は追いかけるようにして長い廊下を一瞬で駆けた。全身に激しい空気の圧を感じ、運動靴が燃えるように熱を持つ。

すぐさま魔物に追いつき、教室内、机を蹴散らす魔物の腕が初鐘ノベルに振り下ろされるのを見た。ノベルは何も言えないのか、驚いた顔のまま固まっている。

「──『破壊、シズキ、刈れ《リープ》』っ！」

教室の出入り口から、教室の奥にいる魔物に向けて魔法を放つ。モノクロの幾何学模様は螺旋《らせん》を描いて空間を歪ませ、触れた机をえぐり取り魔物の脇腹を貫通した。

破壊魔法はそのまま教室に丸い穴を開けて消失した。『爆《は》ぜろ』ではノベルが魔力汚染する可能性があった。これしか方法はなかった、はずだ。

魔物が——委員長がゆっくり倒れた。魔物のえぐれた脇腹の血がノベルの目元に当たり、委員長の血で染まったノベルは真っ赤な目を押さえていた。

するする、と教室の床を何か黒いものが滑っていった。

財布だった。黒革に金の金具の財布が、ノベルの足下にコツンと当たる。

「え、あれ？」

ノベルが足下に目を向ける——まずい。ほとんど本能的に口が動く。

「——『破壊』っ！」

瞬時、破壊の波を放った。破壊魔法は財布に当たり、ノベルの足下ぎりぎりまで教室の地面がえぐれた。

財布は塵《ちり》になった。ノベルは目を擦《こす》っていた。

「なんか、見間違い……？　あれ、何、今の……？　てか、何？　え、ゼンゼンわかんない、シズキっちなんでいるの？　何いまの？」

ノベルは目元にべったり血をつけながら、困惑したように声を上げた。

思考が上手《うま》くまとまらない。体が熱を持ち息があがって、現実に実感が持てない。そのせいで、体に穴の開いた元委員長の魔物がのそのそと動いていたことに一瞬遅れて気が付いた。

魔物はノベルの頭に手を乗せようとしていた。

「撫《な》でるなっ!!」

魔物に直接触れて再度『破壊』する。右肩から右足まで消失した魔物は倒れる。残りの肉体の上に跨《また》がった姿勢で見下ろし、肉体に向かって破壊、破壊する。

馬乗りになって、『破壊』。唱える。もう一度、倒れた委員長に打ち込む。

「あ、え、何してるの？　……シズキっち？」

自分のした一連の行為に現実味が持てない。僕は、委員長を殺したのか。

だがノベルが心配そうに見ている。バレてはいけない。ノベルにこの魔物が委員長だと勘付かせずに仕留めなければいけない——。

人の命を奪って、真っ先にすることが他人の心配か？

自分の行いに寒気がして胃が萎《しぼ》んだ。こんなものがお前の優しさなのか。

「うっ……」

吐き気が、したのを堪《こら》えた。ノベルに悟らせるな。委員長が魔物になったなんて伝えるわけにはいかない。彼女に魔法を見られた。どうする。思考のまとまらないまま、僕は委員長に『破壊』を何度も何度も撃ち込んだ。

「あーあ。そこまでしてやることねェだろ。やめてやれよ、可哀想《かわいそう》だろ？」

背後から、腹に響くような低く色気のある声が聞こえた。目に溜《た》まった熱を振り切るように振り返った。

「なんだ、泣きそうじゃねェか」

教室の入り口付近の机に腰かける男がいた。浅黒い肌に金髪、机に座った姿勢からすらりと伸びた足。僕が探していた相手、初鐘《ういがね》ジンがそこにいた。

「んだよ、いいんちょ体育館に居ねぇと思ったら。ノベル、手前《てめえ》のせいか？　困った妹だなァ」

「お兄ちゃ……」

ノベルが話し終わる前に初鐘ジンは消えた。

そして、今度はノベルの背後に立っていた。ノベルの体は力が抜け、支えを失ったようにふにゃふにゃ地面に倒れた。

「ノベル!?」

「死んでねぇよォ」

「何をした！」

「お前よりは残酷じゃねェから安心しろ」

初鐘ジンはノベルに興味がないのか、地面に倒れたノベルを足で蹴って教室の端へと寄せた。あまりに自然な動作で暴力を振るうものだから、つい身構える。

「まいいや。『爆弾』は上手《うま》く作動しねぇってのもお約束っつーの？　緊張高めるだけ高めて作動しねーっての多すぎて俺ァ好きじゃねぇんだよな」

「……何の話だ」

まだ頭が動かない。ダメだ、色々起こりすぎている。泣く暇もなければ、実感を得る機会すらないらしい。委員長、ライブ、『魔法売り』……頭の中で散らばっていた出来事がフラッシュバックして、目の奥が痛む。

「ん？　あぁ、『爆破予告』。出したの俺な。爆弾は委員長だよ。お前もご存じ、魔法を宿しただけの人間はいつ魔力を暴発させるかわからねぇ。魔力をまき散らす人間爆弾だよ。BOOM！　っつってなァ」

魔力を宿した人間は、魔力をまき散らす人間爆弾に等しい。自分がヒバナに伝えたことを思いだした。

「お前、が」

委員長の首が埋まり、どうしようもなく魔物になっていくその瞬間を思いだして心の底が冷えていく。

「お前が『魔法売り』なんだろ。委員長に魔法を与えた挙句、魔物化させた」

「勘違いすんなよォ」

ジンは相変わらずヘラヘラと、金髪を軽くかきあげた。

「委員長が魔法を欲しがったから、俺がロハでやってやっただけだ。魔法を宿したのはアイツ自身の意思だぜ。それに元々魔物化させるつもりでやっちゃいねぇ」

「なんなんだ、お前は……！　お前が『魔法売り』なんだろう！」

「いいよなァ、『魔法』。何より魔法っつー名前がいいなァ。魔法がありゃなんでもできちまう……そんな風のする、おめでたい名前だ」

初鐘《ういがね》ジンは飄々《ひょうひょう》と言い、ノベルを足下に置いたまま、僕の方へと近づいてきた。身構えるが、ジンは僕に何か仕掛ける様子はなく隣を通り過ぎた。くわばらくわばら、と僕を恐れるように手のひらをひらひら振って、僕が破壊した委員長の遺体の近くでしゃがみ込んだ。

ジンは懐をまさぐって、何かを取り出した。その手にあったのは、いつか見た瓢箪《ひょうたん》の容器だった。

「『追跡魔法』。使ったことねぇ？　魔物の破片でソイツの足取りとか追えんの。委員長さ、破壊魔法のせいで『サクラ色』のババアに目つけられてたからな。これ欲しかっただけ。テメェがばんばん破壊しちまうから残らねぇかもつって焦ったわ、げらげら」

初鐘ジンは、魔物になった委員長の破片を回収していた。なんのつもりだ。

「目的、終わり。じゃ、逃げっから」

「待て」

何が「待て」なのかもわからないまま、一歩踏み出した。

——その瞬間、教室の机から伸びる影から刃《やいば》が出て、僕の脇腹を掻《か》っ捌《さば》いた。

「なんだ？　手前《てめえ》、隙だらけじゃねェか」

燃えるように脇腹が痛み膝をつく。僕の脇腹から血が噴き出して、ぐらりと体が支えを失って斜めになる。コイツ、不意打ちしてきやがった。

今の魔法は『影刃』、影の伸縮と実体化によって斬撃からトラップまで使える、戦闘用の魔法だ。

「なーに膝ついてんだっと！」

顎を蹴り上げられる。脳がぐわんと揺れて、口の中に血の味が広がる。痛みには慣れていても、脳が揺れて視界が定まらない。ぼやけた視界の中で頭上に学習机の山が浮かんでいるのが見えた。

倒れた格好から横に回転して回避する。僕がいた場所に滝のように大量の机が降り注ぎ、木と木がぶつかって弾《はじ》ける音がした。ばらばらとささくれ立った木が飛び散る。

「おい、ノベルに当たったらどうする」

「あ？　なんだ、んなこと気にしてんのかよ」

「魔法が当たったら取り返しが付かないぞ」

「委員長みてぇにか？　げらげらげら！」

「……ッ！」

――目の縁が熱くなる。脳が燃えるように回転を始める。

あぁ、僕は怒っているんだ。何が何だかわからず人の言いなりになるまま物事が進んで蚊帳の外だった。腹立たしい、なにが魔法を使って人の役に立つだ。何か僕が役に立ったか？　全部、全部ダメだった。ノベルの告白も、爆弾も、委員長も、ダメだったじゃないか。

だからせめて、目の前の男だけは逃がしてはいけない。取り戻せ、斬桐《きりとう》シズキ。もう取り戻せないものばかりだって、やるしかない。

「『苗、縛れ』……」

手っ取り早く唱え、自分の腹の辺りを苗でぐるぐる巻きにする。傷口にごつごつした植物の蔦《つた》が絡まって痛みが増すが、傷口はふさがる。これで少しは動ける。

「お前たちが何だとか、関係ない。お前は絶対に逃がさない。『魔法売り』なんだろ、お前が」

「手前、結構有名人だからなァ……ヤり合いたかったんだよォ！」

口端から舌を出しながら、ジンは一気に距離を詰めてくる。足下の影と目の前の男に警戒しながら僕もファイティングポーズをとる。

「ひぃやっはァ！」

ジンは飛び上がり、天井につくほどの高さから右回転の回し蹴りを浴びせてきた。両腕で頭の右側をガードする、と、左側頭部に激しい打撃を受けた。

くらっ、と、視界が暗くなる。その中でもジンの回し蹴りを止め、ねじって左方向の地面に叩《たた》きつける！　ジンが教室のビニル床材に激しく叩きつけられ、地面がクモの巣状にひび割れた。

「ぐっ……!?　マジ、かよコイツ」

無理がたたって、倒れる。今、僕は何の攻撃を受けたんだ……？　頭がくらくらして明滅する世界の中、なんとか立ち上がる。周囲を見渡す。あるのは机、椅子、黒板消し、天井には照明や扇風機、それぐらいだ……。

――右！　瞬時に手刀で気配に対して切り付けると、学生机が真っ二つになって背後で音を立てて崩れた。飛び散る木、円柱の金属足がカラカラ音を立てる。

「バレちったか」

ジンは床に這《は》いながら手をかざしている。なるほど、コイツはモノを操り動かす念動系の魔法を使うらしい。脳内で整理しつつ、僕はジンの脇の下まで駆け、腕を振り上げた。

「『破壊、シズキ、刈れ《リーブ》』っ！」

爪の先から放たれた破壊魔法が「川」の文字のように青白く軌跡を描く。床から教室の壁まで表面が削れ黒く跡ができるが、ジンはそこにいなかった。

「っぶね！　速《はえ》ぇな手前《てめえ》」

ジンは転がり避《よ》けていた。手をかざしてくる、机が来るかと身構えると、飛んできたのはただの黒板消しだった。

魔法を使わずに黒板消しを右手で払いのける。すると、右手が悲鳴を上げた。

「……ぐっ⁉」

右手を押さえる、痛い、痛い‼　手からねじれるように全身に痛みが回る。のたうちまわりそうになって、歯を噛《か》んで抑える。右手が液体窒素に突っ込んだかのように凍り付いて肉がぼろぼろと崩れている。神経が警鐘を鳴らし全身から汗が噴き出る。

ただの黒板消しに、右腕を凍らされた。

続けて天井にあったはずの小型扇風機が目の前まで飛んできた。今度は『破壊』を宿した左手でガードする。その扇風機は炎を噴射してきた。熱が表皮をちりちりと焦がす。

自動で動く扇風機が、炎を噴く魔法を放ってきた……。

「ただの黒板消しじゃない、ただの扇風機じゃない……」

奥歯を噛みしめながら状況を整理する。あぁ、わかった。コイツの魔法はモノを動かすだけじゃないのだ。これは……。

「……お前」

口元から焦げた匂いがする。右腕の半ばで拭って言葉を発する。

「『うつろい』魔法か。初めて見た」

「なんだ、知ってんのか」

凍った右手を押さえる。ジンは楽しげに肩を揺らした。

「おかしいと思ってた。魔法使いはそんな短期間に増やせない。魔法使いを増やすのなら、まず魔法を使う感覚を覚えさせるのがてっとり早い……そんなことができるのはトランスレーション、『うつろい』しかなかったんだ」

「うつろい魔法」は、「他のものに魔法を移す」魔法だ。

自分の使える炎、氷、様々な魔法を、他人やモノに付与することができる。他人に使えば一般人であっても一時的に魔法を使えるようになる。『うつろい』魔法は古《いにしえ》の時代、魔法を教える教師一家が語りついだという特別な魔法。当然、魔法使いを増やすこと自体が禁じられた現代では扱える人間は存在しない。

目の前の、金髪の男を除いて。

「なるほど、だから『魔法売り』なんて芸当ができるわけだ。便利な魔法で稼げたようでよかったな」

「俺ァ別に金のためだってんじゃない」

ジンは少し不快だったのか、見下すように顔と、一本指を上に向けて言った。

「『魔法』に人は惹《ひ》かれる、それがイイってだけだ。勘違いすんな、それだけだ！　俺ァ震えたね、こんな面白《おもしれ》ぇ魔法なんてもん世の中にあるなんて、世の中捨てたモンじゃねぇよな」

　舌を出す下劣な笑い方で体を揺らした。まさか、それだけが理由なのだろうか。

「だから、魔法使いを五〇〇人増やしたのか？」

「ま、結果的にな」

「魔法のデメリットは知ってるのか？」

「魔物が増えるんだっけか？　知ったこっちゃねェな」

　──知ったこっちゃない、だと。それだけのことが、ただの概念が、どれだけ僕を、多くの人を苦しめてきたと思うんだ。

　手の内で魔力が満ちていくのがわかった。教室中につむじ風が吹き、散った木片が僕の両手に集まっては『破壊』されていく。

「おーい待て待て。手前《てめえ》、何キレてるんだ？」

　やや焦ったように、ジンは手を伸ばした。

「手前は自分が特別な『魔法使い』なくせして、俺らはダメだってか？　羨ましいなァ、さすが魔法使い様は言うことが違《ちげ》ぇんだな」

「……何を言っている」

「どうして手前は、あの隣の女を魔法使いにしてんのに、俺たちを批判できるんだっつってんの」

手から木片が落ちていった。風が止《や》んだ。

冷たい風が吹いた。僕が開けた穴から一一月の風が吹き込んでいる。寒い、と思った。その冷たさに気が付いた瞬間、自分の中の燃えるような感情が冷めたことに気が付いた。

「俺が助けたヤツらとさ、あの女、家入《いえいり》ナギだっけか？　それと何が違う？　なぁ教えてくれよ、俺が魔法を与えたヤツらと、手前《てめえ》の女は何が違う？　魔法を使えるようになって救われた、それに違いはないだろ？　高尚な手前様は、どうして俺を野蛮人みてぇな扱いしやがる？」

「……いいや、一人と五〇〇人は違う。この世界に魔法使いが溢《あふ》れる」

「なら二人はどうなんだ？　三人は？　それとも、五〇人は？　なぁ、手前が言ってるのはそういうことだぜ？　魔法使いが増えることが罪だっつー理屈はわかるが、それなら一人でも魔法使いを増やしちまったら、もうお終《しま》いだろうがよ」

……何を言えばいいのかわからない。ジンは下品に笑っていたはずなのに、今では金髪に浅黒い肌が、暗くボロボロの教室の中で異質に輝いて見えた。

「俺はな――嫌いなんだよ、半端者がよ」

ジンは吐き捨てるように呟《つぶや》いた。さらに寒くなった。

「手前ら魔法協会は何がしたい？　魔法を殺すのか生かすのかはっきりしろよ。『サクラ色』のババアの理屈はわかる。魔法は元々必要ねーってのも、魔物のこと知ったら納得したな。魔法を殺す理屈はわかるが、俺は魔法が好きだ。だから魔法を増やす。じゃあよォ、その中間の手前らは何なんだ？」

「……どちらでもない！　今生きている魔法使いを保護して安全な暮らしを提供するだけだ。断じて魔法使いを増やすことじゃない」

「つまり、ゆるやかな衰退か？」

「平和と安全をそう呼ぶのなら」

「はァ〜……」

下らない、と彼の金髪がかきあげられる。

来る。

正面を左腕で薙《な》ぎ、跳びながら体をよじって背後からの『影刃』の刺突を避《よ》けた。正面の机は燃え盛る破片になり、背後からの攻撃はすんでのところで回避できた。

──足下！　ジンが長い足で足払いをかけようとしていた。回避の回転を活《い》かし、上からジンの太ももを捻《ひね》りをつけて踏みつけた。ジンの顔が苦痛に歪《ゆが》む。

「……ハハっ！　なんだよ、手前……マジかよ」

這《は》ったジンの上から彼の頭を押さえて、左手で五指を当てる。

「動くな」

勝った。『破壊』を唱えれば、僕の勝ちになる。指をぐい、と浅黒い肌に押し付ける。

ジンは一瞬怒りに似た視線で僕を睨《にら》んで、それから自分の手詰まりを悟ったのか、体の力を抜いて両手を頭の隣に持ってきて降参のポーズをとった。

「……はぁ〜。んだよ、俺もこの程度かよカスが……あ〰〰〰〰……つまんねぇ……つまんねぇよぉ、なぁーんでこんなつまんねぇんだよぉ」

ジンは教室の天井を仰いだまま駄々《だだ》をこねるように四肢をばたばたさせた。急に幼児みたいな動きと口調で、少しぎょっとした。

「ほら、ヤっていいぜ……」

それから口を尖《とが》らせた彼は手足をだらん、と脱力させ、教室の隅に目を向けていた。本当に抵抗する気はないらしい。僕はぐいと指を押し付けた。

「………」

お互いの無言が続くと、ジンは小さく呟《つぶや》いた。

「慈悲をかけるなんざ一っ番半端で気色が悪《わり》ぃんだ。途中でやめんなら、最初から戦わなきゃいいんだからなァ……」

彼は低い声でそう言う。僕は馬乗りになって、頭に狙いを定める──。

──委員長を破壊した時みたいだな。

ダメだ、余計なことを考えるな。そう思った瞬間、指先が震えた。僕の指の合間からジンが怪訝《けげん》そうに僕の方に一瞬視線を向けて、元の教室の隅に戻した。

息が浅くなる。殺《や》るぞ、殺ろう……これぐらいはやらないと、魔法使いとして役に立つなら、人を殺すぐらい……。

役に立つ？　人を殺すことが？　異常な自問自答に冷えた汗が流れる。

「ア……？　手前《てめえ》」

ジンがのそりと動く。そういえば、さっきから彼は一点を見つめていた。どこを見ていたのだろう。そう思って視線を動かした。

これが、一番の失敗だった。

初鐘《ういがね》ジンの視線の先には、初鐘ノベルが横たわっていた。目を閉じて眠ったような、あのブロンド髪の彼女の顔。初鐘ジンの、妹の顔。

「………!!　ぁ、……はっ、はっ」

ダメだ、直感してしまった。もう僕はコイツを殺せない。ノベルの顔に似てジンも鼻が高く美形だ。ノベルに似た人懐っこい目をしている。肌の色は全然違うけれど兄妹《きょうだい》の面影はある。こいつも人間なんだ、当たり前だった！

「は、」

ジンは楽しげに鼻を鳴らした。僕の指に生暖かい風が吹きかかる。

「ハハ！　げらげら！　なるほどなァ、なるほどなァ！」

五指で頭を押さえられながらも、ジンは笑った。目をかっぴらいて、手のひらを押し付けられているのにもかかわらず、口を大きく開けて笑った。

「なんつーこった！　げらげら！　手前《てめえ》は、手前は!!　こんなところまで来てびびっちまったのか！」

「うる、さい」

「手ェ震えてんじゃねェか！　おいおいおい！」

「僕はお前なんて破壊できる……！」

「じゃあヤれよ」

ジンが両手の指をこちらに向けて曲げる。煽《あお》るようにくいくいと、僕の目の前で彼の不快な指先が飛び回る。

「ヤってみせろよ!!　早く!!　俺を殺してみろ!!」

「……『はか』――」

手が震える。口が言葉をこれ以上紡げない。頭を掴《つか》んだ指が震え、脳が焼け付くように鳴っている。そんなことをしてはいけない。魔物じゃないんだぞ、話せる人間、対等な存在の殺害。お前は本当に自分の意志で誰かを殺すのか。千歌《ちか》さん、僕は正しいと思いますか。

『アタシは魔法使いを殺さない。魔法使いを損なえば、サクラと同じ所に落ちる』

脳裏に千歌さんの紅《あか》い瞳が浮かんだ。

腹部を思いっきり蹴り上げられた。壁に背中を打ち付け、息が詰まる。

「できねェんだ」

僕を蹴り上げたジンは立ち上がり、金髪をかきあげて心底見下した風に笑った。

「なんつー半端モノだよなァ!? そうかァそうかァ！ こんなに腑《ふ》抜《ぬ》けた野郎を見ると不快を超えてよぉ、もはや笑えるんだなァ！ 知らなかったぜ斬桐《きりとう》シズキ！ げらげらげらげらげら！」

腹部を押さえて彼は笑った。冷たい風、委員長の臓物で生臭い教室の中で大きく笑った。

そしてもう一度髪をかきあげた時、既にジンは全く笑っていなかった。

「――決めたわ。手前は絶対に後悔させる。

手前みてぇな自分のケツすら拭けねぇ甘ちゃんに負けんのも悔しい気ィしてきたっつーの？ ははっ、目標っていいよな……ァア滾《たぎ》ってきた」

そのまま横から衝撃を食らう。脳ごと揺らされる学習机の一撃。続けて燃え盛る扇風機の火が目の前に迫り、『破壊』でなんとか止めるも、左手がじりじりと焼けた。

目の奥が激しく点滅して、もう動ける気がしなかった。

教室の外でどたどたと足音がした。がらがら、と教室の扉が開く音がして、数人の影が教室に入った。

「シズキくん！ ……あれ、『魔法売り』ですね!?」

駆け付けたのはミコさんと、もう二人の魔女帽子の魔法使いだった。僕は頷《うなず》きで答える。

攻撃は収まったが体が動かない。自分を奮い立たせる理由が、気力が足りなかった。

そんな僕を横目にミコさんはジンに向かって両手をかざし、全身に魔力を宿した。

「『転移、鬼灯《ほおずき》ミコ、差し込め《スライス》』！」

ジンの居た場所が空間ごと歪《ゆが》み、A４用紙が一斉に花咲くように現れた。教室に飛び散った用紙の奥から身を捩《ねじ》ったジンが見えた。魔法に掠《かす》ったジンの右耳の内側から紙が出現し、ぱっくりと切れて血が飛び散っていた。現れた紙の上に血のインクが飛び散って赤い水玉模様を写す。

「誰だよ。くそ、せっかくノってきたのに……」

耳を押さえながらも、その顔はまだ笑みを残している。飛び散る用紙が、燃え盛る扇風機の風で一斉に火がついてジンの背後で散った。

「斬桐《きりとう》シズキィ」

いいことを思いついた、と言わんばかりの残酷な笑顔だった。

「俺はこれからも魔法使いを増やす。それは全て、手前《てめえ》のせいだ！　俺を殺しておけばと手前は後悔する！　これから魔法が広がるたびに、手前は自分の甘さを後悔して額を地面に擦《こす》りつけることになるんだ！　楽しみだ！　手前が次に俺の前に現れる時、どんな顔してるかってなァ！」

——勝手なことを言うな。口を動かそうとしても、乾ききって何も音が出なかった。

「『転移、鬼灯ミコ、切り取れ《スワップ》』！」

対話なくミコさんは続けて魔法を行使する。だが、ミコさんの手元に現れたのはジンの足首の肉と切れたズボンだけだった。ジンは瞬時に飛びのき、足首を押さえながらも教室の窓の縁に両足をかけていた。

「つぶねー魔法だな、くわばらくわばら。なんだ、一言も喋《しゃべ》らねぇくせにサイコな女だな」

「次は首を落としますよー？」

「げらげら。冗談じゃねぇ」

窓の縁から足を外して、ジンは校舎から飛び降りた。

「また会おうぜ」

そう一言、飛び去る瞬間に聞こえた。

ミコさんたちは即座に窓の近くに寄って、外を眺めた。

「クソガキが」

ミコさんの吐き捨てた声。僕は体が動かず、そのまま眠りに落ちた。

31

それは文化祭初日のことだった。委員長は僕を呼び止めた。

「キミは初鐘《ういがね》ノベルから頼まれてきたのだろう？」

ちょうどその時、僕は文化祭実行委員室から出ていこうとしていた。振り返ると緑の部屋の中央でカツ委員長が少年のようにいたずらな笑みを浮かべていた。

「いえ……そんなことは、」

その時はまだ、委員長を真面目なだけの人間だと思っていた。

「ありますね。すいません、ノベルを庇《かば》おうか迷ってやめました」

わはは、と委員長は笑った。彼は大口で笑う姿が似合っていた。

「彼女、良い子だろう」

「声は大きいですけれど」

「斬桐《きりとう》の細さでは折れてしまいそうだな」

委員長は笑った口元に反し、目は様子をうかがうようにこちらを観察していた。

「斬桐、猥談《わいだん》は好きか」

そして急に、真面目くさった顔でそんなことを聞いてきた。

「いや、」

驚きもあり、なんと言うべきか迷って視線が右往左往する。猥談をするにしても、猥談が好きか、と尋ねられたことはない。

「残念ながら、好きです」

「あっはっは。残念なことがあろうか！」

そうだ、この日は委員長はよく笑うんだな、と思った日のことだった。そうだ、今僕は何をしていたんだっけ。

確か、ジンと戦っていて……これは、夢を見ているんだ……。

「なぁ斬桐《きりとう》、雲雀《ヒバリ》祭の打ち上げ、ちゃんと来いよな」

「もちろんです」

夢の中の僕が勝手に口を開く。何も知らずに、楽しそうに。

「サシで話そう。お前の目の奥にある女難の色、実に興味深い。俺にぜひあやからせてくれ」

「……まさかまた厄介事じゃないでしょうね」

「あっはっは、さてな」

息が詰まった。そうだ、この時はそんな会話をしたんだ……。


目を覚ました。

僕は保健室のベッドの上に寝かされていた。布団をはがしてポケットをまさぐりスマートフォンで時間を確認する。一七時二〇分。文化祭閉会の言葉が一七時。もう文化祭は終わっている。

呆然《ぼうぜん》とした気持ちのまま立ち上がる。誰もいない保健室の白いカーテンを引き、窓際から校庭を眺めた。もう日の入りが早い。さっきまでオレンジ色だったのに、今や空の半分は群青色だ。窓を開けると冷たい風が吹き込んだ。

あの夢――文化祭初日の時、委員長は何を言いたかったのだろう。猥談《わいだん》、ノベルのこと、女難……。

委員長はノベルに対して、一体どういう答えを出すつもりだったのだろう。

全てはわからない。『破壊』してしまったから。

手が震えた。保健室の外は夕暮れだった。もうじき冬だ……。寒くなってきて窓を閉めた。

委員長、委員長を死なせてしまった。

「…………」

頭の中の自分が責め立てる。死なせたんじゃない。お前が殺したんだ。反論する。いいや、魔物を殺したのはいつものことだ。何も感じる必要はない。中身は人なだけのただの化け物。化け物なら殺せばいいのだ、どうせ助けられないのだから。僕ら魔法使いのせいで魔物が生まれるのだとしても問題はない。魔法使いが生きるってそういうことでしょう、ねぇ千歌《ちか》さん。でないと、僕のしていることは——。

「シズキっち？」

背後の保健室のベッドの方から、可愛《かわい》らしい声が聞こえた。

「聞こえてる？　おーい、シズキっちー？」

振り返ると隣のベッドのカーテンが開かれていた。白と銀のフレームベッドの上で初鐘《ういがね》ノベルが上半身を起き上がらせている。

「え、えぇ……聞こえてます」

今目を覚ましたらしい初鐘ノベルは両手を上げて背中を伸ばして、手櫛《てぐし》で髪を整え始めた。近寄ると、ノベルらしくないやや呆《ほう》けた顔で彼女は僕を見上げた。

「や、あはは……なんか、大変だった感じっしょ？」

ノベルは困ったように笑った。

「……どこまで記憶がありますか？」

「ん、話半分に聞いて欲しいんだけどさ、なんか、夢見てたのかな？　血がめーっっちゃ飛び散ってさ、うちの目に入るから……」

ノベルは手で額を拭う。すると彼女の指先に血がついた。彼女の顔が青ざめた。

全て拭われたように見えた委員長の血。委員長が死んだ証《あかし》がまだ残っていた。

「え、なにこれ……？　マジだったの？」

初鐘《ういがね》ノベルの助けを求める瞳が僕を捉える。僕らを運んだ魔法協会の人たちが血を拭い損ねたのだろう。どうしようか、何をどこまで伝えるべきか……。

「……これは、いつもの冗談ではないんですけれど」

迷いながらも、結局僕は話すことにした。どちらにせよ僕が魔法を使ったこと、それに魔物の姿は見られてしまっているのだ。

「この世界には……魔法が、魔物がいます」

この世界に存在する魔法、その摂理、魔物の存在。僕が魔法使いであること、魔法は危険で、浴びた可能性があること。そういったことを伝えた。その後の対処は、ミコさんと一緒に考えることにする。

「ノベルは『魔法憑き《アンナチュラル》』の可能性があるとして魔法協会に連れていきます。体に魔力を通さずに、魔力が宿っているかを確認するのは中々骨が折れる作業なので、時間がかかるかもしれませんが……」

「……や、わからんわからん。まず何、え、シズキっち魔法使いなの？」

「そうですね」

「そうですね？　いつものボケ？」

「だったら良かったんですけれど」

指先で保健室のガーゼをほんの少し取り、指先で『破壊』した。軽く風が吹いてガーゼは消失した。

「……手品？」

ついでに指から緑の蔦《つた》を出して、空中でうにょうにょ動かして見せる。

「キモ。他になんかあったっしょ」

「……まぁ今度ちゃんと見せるので、とりあえず魔法のことを信じて貰《もら》って」

「イモムシ芸で信じさせられるの、うち……？」

それから、ノベルからいくつかの質問を受けた。魔法は何ができるのか、魔法使いはどうやってなるのか、魔法の仕事や魔法の世界はあるのか。

「そういえば、魔物？　あれどったの？　シズキっちが追ってたん？」

「――そうですね。校内に紛れていたので、僕が追ってました」

目を逸《そ》らさないように、不自然にならないように言った。結局あの魔物が委員長であることは言わなかった。「魔物というものがいる」程度の情報しか伝えていない。

「ほ～」

ノベルはさらっと流して理解してくれたようで、髪を軽く撫《な》でていた。

「まぁ、正直何もわからんけど、シズキっちってあんま手間かかる嘘《うそ》つかないじゃん？その場限りのしょうもないやつだけじゃん。だから、ま、信じるわ」

「ありがとうございます、理由は不本意ですが」

魔法の説明を終えると、遠くの喧騒《けんそう》に紛れてちょうどチャイムが鳴った。僕らは保健室の外を窓越しに眺めた。

『今年度の雲雀《ヒバリ》祭は終了致しました。校内に残っている保護者方、来校者の皆様は、一八時半を過ぎますと、校門が施錠されてしまいますので……』

窓の外には夕暮れの校庭が広がっていて、チャイムに合わせて蟻《あり》の列みたいに客がぞろぞろと出て行っている。

『業務連絡、業務連絡。三年五組勝道《かつみち》カツヒサさん、三年五組勝道カツヒサさん。至急、文化祭実行委員室へお願いします……繰り返します、』

「――いいんちょ」

勝道、という名が聞こえた瞬間、ノベルはベッドの上に視線を落として呟《つぶや》いた。

周囲からすれば委員長は急に失踪してしまったように見えるだろう。彼がステージの上で倒れて以来、僕しか行方を知らない。僕は黙り続けなければならない。

「や、ごめんね？　こっちこそヘンなとこに居たせいで迷惑だったっしょ？　あ、魔物の話ね？　なんつーか不運つーか、やー、もう……アハハ。てかさ、あの教室の近くにさ、うちの他に誰か居なかったよね？　うんうん」

彼女は笑顔を作ってへらへらと笑っている。「他に誰か居たか」……ノベルは委員長のことに感づいたようには見えなかったけれど、慎重な回答が求められる。

「そう、ですね。誰も居なかったです」

「だよね！　……あっ、クソ留年居たじゃん！　忘れてたわ、おいおいシズキっち～」

「あぁ、ジンも居ましたね……」

「しっかりしろ～？　ま～わかるけど？　てか、誰も居なかったわうん。クソ留年とか一人に数えないからさ。あはは、誰も居なかった、っつーことで！」

ノベルは歯を見せて笑うけれど、その明るさはひどく不自然だった。呼吸が合わないのか、話すたびに会話が途切れる。そのたびに少し笑って、静寂が保健室を満たし、その後に空気が抜けたみたいな笑い声をお互いに出す。

「ノベル」

「シズキっちさ」

僕が話そうとした瞬間、彼女は強い語気で言った。

「ちょっと、屋上行かね？」

32

委員会権限で借りた鍵を使い、僕らは本棟の屋上に出た。

「わー寒っ！　冬じゃん、もう」

ノベルは手をせわしなく擦《こす》りながら、手のひらに息をかけていた。

「さっきまで熱気がありましたからね、気が付きませんでした」

苔《こけ》むした屋上は見晴らしよく激しい冷風が吹き付けてくる。陽《ひ》の落ちた群青の空、月が上から照らしている。身震いしていると、遠くから生徒の声が聞こえた。

校庭ではもう片付けが始まっている。ライトに照らされた運動場からは駆ける生徒の声とそれを指導する文化祭実行委員の声が風に乗って聞こえる。誰もが文化祭を楽しみ尽くすかのように、残り香の中でもまだ明るい声を発していた。

「文化祭、終わっちゃいましたね」

「ねー！　マジ一瞬だったわ」

「本当に……」

「…………」

声は明るいのに、会話は続かない。どうしても無言が続く。

屋上は薄暗く、お互いの表情が見えない。手持ち無沙汰になって、手すりに上半身をもたせかけて屋上から校庭を見下ろす。眼下の校庭の方がよっぽど明るく、女子一人と男子二人で話す生徒の顔までしっかり見えた。

「いいなぁ……」

初鐘《ういがね》ノベルは呟《つぶや》いた。彼女も僕の隣で校庭を見ていた。彼女の視線の先にはカップルがいた。カップルは運動場のトラックの隅で手を合わせ、キスをするように顔と顔を近づけていた。

『三年五組、勝道《かつみち》カツヒサさん、職員室へ……』

アナウンスが風に乗って聞こえた。「勝道」の名前が聞こえた瞬間、ノベルはびくりと震えた。それから呟いた。

「カツ委員長、やっぱ、うちから逃げちゃったのかな……」

「違いますよ」

とっさに答えた。隣のノベルは反対方向に顔を背けていて、表情がよく見えない。

「じゃあ、どうして、いなくなったの?」

僕は、黙った。

本当のことなんて言えやしない。彼女から逃げたわけではないけれど、真実を教えれば彼女にとってより残酷な宣言になる……。

あるいはこれも僕の言い訳なのか。委員長を自分が殺したのだと言いたくないだけなのか。

「ねぇ……シズキっち」

僕の無言を肯定と受け取ったのか、彼女は肩を震わせ、このまま折れて消えてしまいそうなか細い声を発した。

「ちょっと……辛《つら》いかも……」

ノベルは口元だけは笑っているのに頬《ほお》を震わせ、目の下の皺《しわ》がもはや耐えられないと、ギリギリ決壊を留《とど》めていた。

「そこ、貸して。今だけでいいから……」

彼女は鼻水をすすり、俯《うつむ》きがちに僕の胸元を指差してきた。

それは、良いのか……？　一瞬迷い、しかしこの状況で彼女を拒むのはあんまりな気がして、目を逸《そ》らしながら彼女の方に両手を出した。

「………どうぞ」

とっ、とっ、とっ、とこちらに駆け、僕の胸に向かってノベルはぽすん、と板が倒れるように寄りかかってきた。それから僕の胸に両拳が突き立てられる。

そして、一瞬、息を吸って、

「う、ぶ、ぶるぅぇえええええっうぇええええええええっ！！！！！！！！！！」

「うわあ！」

彼女は大きく声を出して、僕のシャツに涙を落とした。声が想像以上に大きくてちょっとびっくりした。

「あぁぁあああぁぁあああああっ!!　あーっ！　うっ……うぁあああ……」

　どすん、どすん、と僕の胸板が強く殴られる。今度は黙って、ただ受け入れた。

「うち、っ、っぐ、うちっ、っ……面倒、だったんだぁああっ………告白っ、うっ、うっ、うっ、断るのも……うっ……嫌だ、もんねっ、うちが、今までしてきたのと同じ、っ、へうっ、ああああああっ！！！　もういやっ、いやっ、殺してよぉおおお……………」

「…………」

　彼女の背中を数度叩《たた》いて撫《な》でた。彼女は膝から崩れ落ちていく。受け止めるように膝を地面につけると、校庭の強い光は影になって見えなくなった。

「うち、相手にされなかった…………一人で浮かれて、馬鹿、馬鹿、ばかばかばかばか……………どうしてこんなに馬鹿になっちゃったんだろ……もう消えたい……うっ、うっ……………」

　それから、ただ僕は殴られ続けた。

　どすん、どすんと胸に当たる彼女の拳の音が屋上に響いていた。

　数十分後、ついにノベルは僕からフラフラと離れ、手すりに額をつけて項垂《うなだ》れた。

「無理だ」

　さんざん泣き腫らしたせいで目元は赤く、さらに黒い化粧の痕がついて汚いバレンタインみたいな色になった初鐘《ういがね》ノベル。ゆっくり顔を上げるけれど、瞳の奥に感情はなく、ただ校庭の方の中空を虚《うつ》ろに見つめている。

「無理だぽぉぇ」

「おかしくなっちゃった……」

「シズキっち、言ったら殺す」

「何を」

僕の言葉にぎろりとノベルは首を回して目を向け、それから後ろでまとめていた髪を完全に外しぐしゃぐしゃぐしゃと頭をかき混ぜてから、またぐあ～っと唸《うな》り始め、顔に手を当て指の隙間から獲物を狩るような鋭い瞳で僕を睨《にら》んだ。

「～～～～……っ、全部！　全部全部！　あ～～～……もう、キモ、キモすぎてダメだ。脳が割れる。うち、キモすぎたかもしれん。死んでくれ。うちと一緒に死んでくれシズキっち」

「……じゃあ、僕がキモいってことにしましょう」

「全部終わりだ。キモすぎ罪。うち無理たい」

「僕が全部悪かったんですよきっと。財布のせいかもしれないです、財布じゃなくて靴をあげれば良かったのかもしれない。そうすれば全部上手《うま》くいったかもしれない」

顔をぐしゃぐしゃにしたノベルから、息をのむ声が聞こえた。

「そんなわけ……っ！　ない!!」

「案外そうかもしれないですよ」

僕は語気を強めた。真っすぐノベルを見る。反抗するように彼女もこちらを睨むけど、負けない強さで瞳を覗《のぞ》く。せめて彼女が自分を責めることがないように。魔法の被害でしかない出来事で、彼女が壊れてしまわないように。

「なわけないっ、やだっ、」

「僕のせいかもしれない。斬桐《きりとう》シズキのせいかもしれない」

「嘘《うそ》っ」

「嘘じゃない」

「嘘!!」

「嘘じゃないんだ、本当に！　信じて」

真っすぐ彼女を見た。つう、と彼女の頬《ほお》を黒い涙が伝った。

「……本当に？」

「本当に。悪いのは僕かもしれない。財布じゃなくて靴を渡していたら？　起こらなかった可能性は否定できない、どう考えるのも自由だ」

少しだけ彼女は鼻水をするのをとめて、ぼーっとした。それから浅い息が僅かに戻ってきた。

「そう、そうかも……しれない。じゃあ、ぐすっ、そういうことにする！　シズキっちがキモい！　キモい、キモい！　うちと同じぐらいに！」

「僕がキモいんです。ノベルは悪くなかった、そう信じて」

「うちは悪くない！　シズキっちが悪い！　キモい！」

キモ、キモい！　言いながら彼女は手すりを殴った。がしゃん、がしゃん、と手すりが鳴る。もはや誰に向けた言葉かもわからず、ひたすらキモい、キモいと叩《たた》いた。

そうやって言葉を吐き出していたノベルだったけれど、散々言葉を出した後で、充電が切れたように項垂《うなだ》れていた。

また五分、一〇分。彼女はただ俯《うつむ》いた。

校庭で男子が告白してその周囲で囃《はや》し立てているのか、わーきゃー、おめでとー！　と、風に乗って声が聞こえる。一一月の夜風が吹いていた。木の葉はちぎれてかさかさと音を立て転がった。なにやってんだよー、ダンボールどこぉ！　校庭からはしゃいだ男子の声が聞こえる。『プロパンガス、ブロックは校舎裏で返却です』とアナウンスが流れていた。

「ありがとうシズキっち」

風で暴れる髪を押さえないままでノベルは言った。

「気持ちはありがたいけど、やっぱうちが悪いわ。あはは……うちが、馬鹿だった」

風が冷たかった。校庭で誰かが花火をしたらしい、パチ、パチ、と弾《はじ》ける音がそのうち流水のように、さあーっと火が流れ出る音に変わった。

「恋、しちゃうのって、馬鹿だ」

ノベルは呟《つぶや》いた。

「……素敵なことですよ、きっと」

「ううん。違うの、うちって……誰かが好きじゃないとさ、何も見えなくなっちゃうんだ……好きな時も何も見えてないけど、そういうんと違って……未来が」

ノベルの小さい声に、細胞一つ一つが引き込まれるような気がした。

「うちの、未来とか、終わってるから。勉強できないし、好きなこととかないし、なんかもう……本当に真っ暗。

——ちょっと未来を直視すると、頭おかしくなっちゃう」

声が出なかった。

こらぁー、なにやってる！　教師の声が響いていた。校庭はまだ文化祭を楽しんでいるようだった。校庭も彼女も、もうすぐ失われる何かをかき集めるように必死に見えた。

「お兄ちゃんがね。

お兄ちゃんがまだグレてない頃ね……中学校ぐらいから学校とか行かずに、絵ばっかり描いてたんだけど。お兄ちゃん、すごい絵が上手《うま》くて。私の年ぐらいの時にはブンカチョーか何かの賞を取るような……すごくて。市役所とかだけじゃなくて、美術ホールみたいなところの壁一面に飾られてて……」

　髪は乱れて顔は赤黒いノベルの、大きく聞こえる弱々しい語りが世界の中心だった。周囲の音はいつの間にか消えていた。

「でも、すぐにやめたの。高校入って、描いてもどうにもならない、って一言、自分が名画描きみたいに絵を破り捨てて……カッコいいよね。うちにはできない」

　夜の学校で告白、炎上させる大人、僕らの将来、赤点に目を背けた進路調査。そして、遊び狂う文化祭。彼女の話は、何か大切なことを伝えている気がした。

「てか、がるもすごい。うちについてくるのが勿体無《もったいな》いぐらい……。がるのドラム聞いたことある？　高校トップレベルなんだって。プロの話も来た、って……あはは、すぐ軽音部辞めちゃったうちと大違いだ。うち、何も続けられない。楽しい方に流れてばっかりで、すぐ諦めて、才能ないって思っちゃう……」

　彼女は話した。そして、黙った。次の言葉が震えないように。

「――うちは、ダメだ。

……うちって、何にも無い。何も無い、本当に。お兄ちゃんが持ってるものの一〇分の一でもあれば良かった。がるみたいになりたかった。もっと何かに夢中になれる人間になりたかった。あはは、どうしてこうなっちゃったかなぁ……うちって何が好きなんだろ……なんでこんなに頭悪いのかなぁ……」

音が戻る——文化祭の残り香が校庭でざわざわと響いている。明るい校庭にとてもじゃないけど目を向けられない。目の前の泣き腫らした彼女の暗さに意識が集中して、張り付けになったように動けない。

黙っていると風に乗ってアナウンスが聞こえてきた。『今年の雲雀祭《ヒバリ》は終了致しました。校内に残った来校者の皆様は速やかに……』。

文化祭は、終わったのだ。

熱は永遠には続かない。騒ぐ生徒の抵抗が空《むな》しく響いていた。文化祭は終わった。

やっと口が動いた。

「……僕は魔法が……一身上の都合で色々あって好きじゃなくて。でもそれに救われる人もいるんです……」

なんとか、何も考えられないまま声を発した。言葉を紡ぐと、脳裏に委員長の顔が浮かんだ。委員長が守った熱も、この冷たい夜風で散ってしまう。なんだか涙が出そうな気持ちになった。

熱狂していなければ、未来を見ることができない——委員長、あなたの言う通りだろう。

僕は、こんな文化祭も好きだった。

「僕は魔法が要らないと思います。でも、絶対に要らないなんて簡単に言えないな、と反省しました。自分にとって要らないものを他人は欲しがっている、なんてよくあるんでしょうね……。隣の芝は青い……ってこういう時の言葉ですっけ」

校庭のアーチが外されたようで、虹色のダンボールが校庭に寝そべっていた。書かれた『誰もが主人公　個性の七色羽根　雲雀祭』。改めて見てもダサい。ダサいし、個性が苦しい。委員長、スローガンづくりは下手だった。

「……ノベルは明るくて、誰にでも好かれると思います」

「なに」

「ムードメーカーで、すぐ動けて、何もハマれないのは悩みかもしれませんが、そのフットワークの軽さは羨ましいです。笑顔も素敵です。それに、ノベルが誘ってくれなかったら僕は今年の文化祭も淡々と過ごしていたと思います……こんな風に色々できなかった。だから感謝しています。文化祭、楽しかったです」

「……うん」

「ノベルにとっては明るい自分が当たり前で、それが悩みの種にだってなるでしょうけど、僕は羨ましいです。そもそも、ノベルが何もないなんてわけないです。なら人類の99％は没個性に入りますよ。残りの1％は、そうですね、例の留年お兄さんとかでしょうけれど」

ノベルはしばらく真っすぐ校庭を見ていたけれど、僕の言葉が止まったことに気が付いたのか、はっ、とこちらを向いた。

「……ん？　うち励まされた？」

「わりと、長文で」

「……んだよっ」

ノベルはグータッチを僕の方に向けてきた。そこに拳をつき合わせる。

「うい」

「うい～……ずびっ」

コツン、と合わさった僕らの拳。そうしてまた、お互いに前を向いた。

いつの間にか騒ぐ声に混じって片づけが進んでいた。クラスの前面を彩ったダンボールたちが校舎から引きずられて運ばれている。文化祭で使用された大量のダンボールは処理をするために倉庫の端の方に並べて集められている。努力の結晶を慈しむように、生徒たちが床に投げ捨てられた装飾の前で写真を撮っていた。

ふと思った。委員長にとっての文化祭と、ノベルにとっての恋は、同じなのだろう。

「……シズキっちさ、家入《いえいり》さん好きなのって、ガチめなんだよね？」

「え、なんです」

「いいから」

ノベルは真っすぐ校庭を見たままだった。少しの気恥ずかしさと冷たい風で身を震わせてから、口を開いた。

「そうですね、本気で好きです」

口にしてから、これをノベルに言うのは外堀を埋めるみたいだな、と思った。けれど恋愛トークにもっていけばノベルは囃《はや》し立ててくるだろう、そうすれば明るくなるだろう……そう思っていた。

だが初鐘《ういがね》ノベルは、手すりに額を当てて項垂《うなだ》れていた。

「…………そっか〰〰……かぁ〰〰〰〰」

「ノベル？」

いつもと様子が違う。それからノベルは顔を上げて、いつも通りの保健室で見たような笑顔になっていた。赤黒い顔のへらへらした、表面的な笑み。

「今さ、もう後夜祭入るわけじゃん？　なんでここにシズキっちいるの？」

「なんで、ってそりゃ」

それはあなたに連れて来られたからですけれど……と言う間もなく、ノベルはまくし立ててくる。

「普通に考えて今が絶好の告白タイミングだよね？　知ってる？　文化祭当日よりさ、準備日とか後夜祭とかにできたカップルの方が多いんだよ？　ねぇこんなところにいる場合じゃないっしょ？　ナギちゃん好きならささっと告ってこい！　さ、わかったらさっさと行ってこーい！　んでフられちゃえー！」

ノベルは一気に話すと僕の方に両手を突き出し、屋上から追い出すようにぐいぐい押してきた。錆《さ》びた扉が近づいてくる。

「ちょっと、ちょっと押さないで」

「はーやーくーいーけー！」

ぐいぐい、と押され、僕は屋上から追い出されて扉の向こう、階段の踊り場に押し出された。そしてバン！　と不機嫌な音を立てて扉は閉められた。

「ちょっと、ノベル？　……鍵、挿しておきますよ？」

突然のことに対応できず、茶褐色の扉を叩《たた》いて向こうに語り掛ける。反応はない。

……ナギさんの下に向かっていいのだろうか。少し不安になって、その場で足踏みして音を鳴らしてみる。

しばらく待つ。すると、

『あ――っ！！！！！！！！』

ノベルの叫び声が壁越しに聞こえた。まさか飛び降りたりしないだろうか。不安になって、鉄扉に耳を押し当てて、屋上の様子を耳で探った。

『馬鹿、うちの馬鹿ぁ……。もう、好きになるのとか、やめたほうがいいんだって……』

鉄の向こうから、零《こぼ》すような声が聞こえた。

扉を開けるのはやめて、音を立てないようにして僕は校庭に向かった。

33

階段を駆け下り校門に向かう途中、人の行き来が少ない下駄箱《げたばこ》で、学生らしくないコートを着たシルエットが待っていた。

「腕、変な感じしませんかー？　ちゃんとくっついてますー？」

「処置ありがとうございます。……ミコさん」

下駄箱の暗がり、身長の低い赤髪の鬼灯《ほおずき》ミコさんが腕を組んだ姿勢で待っていた。なんだか嫌な予感がする。

「で、話は聞きますけれどー。どうして一人で『魔法売り』に突っ込んだんですかー？二絵《にかい》ちゃんと同じで報連相できない感じですかー？」

「やっぱり怒ってた」

大人びたコートの彼女は怒気を纏《まと》っていたので、頭を下げて説明した。初鐘《ういがね》ジンと初鐘ノベルは兄妹《きょうだい》であり、その前では殺せずに逆に手痛い一撃を貰《もら》ってしまったこと……。

一通り話を聞いた後、ミコさんは怒りの行き場を失ったのか、やや困惑した様子で頷《うなず》いた。

「ま、まぁそうですねー。さすがに高校生に殺人をさせようってわけでもないんでー、こちらこそすいませんー。ミコたちが来るの遅かったですねー」

「そういえばその『魔法売り』の妹さん、初鐘《ういがね》ノベルに魔法のことがバレました」

「は？」

ほぼ怒鳴り声のミコさんだった。彼女に伝えたことと、魔法を見られているから仕方なかったこと、そういったことを彼女の気に障らないように伝えた。

「でもノベルについてた血を拭かなかったのが悪いと思います」

「もー、サクラだけでも協会がごちゃついてるのにー……まーわかりましたー。しょうがない、しょうがない部分もありますからねー」

「あんまり声色は理解したって感じじゃないですが」

「約束通り魔法籍も用意しちゃったんでー、まー取っといてくださいー」

ミコさんが指を鳴らすと、一枚の紙がひらひら落ちてきた。手に取るとヒバナの魔法籍謄本だった。軽く目を通すと身内の家入《いえいり》サクラと関連させることで魔法使いの「生まれつき《ナチュラル》」であるという処理にしたようだった。

「用意した籍が無駄にならないといいですけれどねー。協会が崩壊するって意味でー」

「笑えない冗談ですね」

「誇張表現じゃないですからねー。なにしろ第三勢力まで出てるんですからー。まったく、何が目的なんですかねー」

ミコさんは気力のない半眼の顔でぼーっとした。ミコさんは笑顔の段階、怒りの段階を経て、全てを諦めた「無気力」の第三段階に入ったようだ。

「おそらく、ジンたちは魔法を広めること自体が目的です」

「あの色黒モデルの男が言ったんですかー？」

首を振る。色黒モデルって……初鐘ジンのことか。続けて、なぜそんなことを？　とミコさんの不機嫌そうな瞳が問うてくる。

「……平たく言えば、社会への不満ってやつです。魔法がこの社会を変革する、と思っているのでしょう。魔法による解放、この未来の無い日常から解放されよう、ってところだと思います。『ヤイバ』というのも気になります。組織名かもしれません」

あのヤンキーが言っていたこと。魔法による解放、行き詰まった社会、組織として動く若者たち……。この予想は現実からそう遠くないだろう。

「はぁ、シズキくんはそういう、『この世界を壊す！』って気持ちわかりますかー？　ミコはそういう感性を道端の側溝に落としたみたいで、『そういう系』としか思わないんですけどー」

社会の荒波を乗りこなすミコさんらしい意見だ。協会に文句を言いながらも高級そうなコートを着こなす人は羨ましいものである。

「……僕は」

熱狂、委員長、ノベル……怒涛《どとう》の二日間が脳裏によぎった。僕らの将来、夢、皆が楽しめる文化祭、そして恋……。

楽しかった。だけどその楽しさは、苦しさの裏の面だった。

「わかる気がします」

ミコさんが鼻を鳴らした。

「将来なんて、暗いものに思えるんですよ、何やっても……なかなか良い未来なんて想像できません。特に、学生は」

「そこを『学生』で括《くく》るのが、大人ぶってて腹立つところですけどねー」

「精神的に優位をとらないと落ち着かないんですか？」

僕の憂いを帯びた心はミコさんの社会人パンチで打ち砕かれた。大人びて見えるけれどこの人ちょっと子供っぽいんじゃないか。僕は訝《いぶか》しんだ。

「……じゃあ学生らしく言わせてもらいますけど、毎日楽しい方がいいに決まってるって意味です。働いても何してもどうせ毎日地獄なら、壊れたほうがいいって、毎日文化祭でいいって、思うことは理解できるでしょう。だからといって初鐘《ういがね》ジンみたいに行動に移せませんが」

「なるほどなるほどー」

ミコさんは全然納得していない風に頷《うなず》いた。なんだか、僕はこの人に一生敵《かな》わない予感がした。全く共感の姿勢なく丁寧な口調を崩さないあたり、相変わらず愛嬌《あいきょう》を武器以外で使わない人だ。

「でも毎日続く文化祭なんて、地獄そのものだと思いますけどねー。お仕事があるから、お酒が美味《おい》しかったりするんですよー」

なんでもない風にミコさんは言った。

普段は小さく見えるその赤毛の頭頂部が、おすましした横顔が、今は高い位置にあるように見えた。

「ミコさんって」

「なんですかー？」

「大人だったんですね」

「そうですよー？　言っておきますけどね、ミコはかなりの常識人ですからね？」

「ハハハ」

「でたその笑い！　今のは冗談じゃないですよー？　シズキくんはマザコンなので二絵《にかい》ちゃんが普通だと思ってそうですけどー、あの人が異常なんですからね!?　それにヒバナちゃんもおかしいですよ絶対！　何か相談するならミコが一番いいですよー？」

「ひどい悪口ですね」

「違いますー！　事実です！」

やや元気を取り戻したのか、ミコさんはぷんすか怒った。ミコさんとは社交辞令的な付き合いが多いけれど、たまに見せるぶっきらぼうな一面といい、千歌《ちか》さんとは別ベクトルでさっぱりした気持ちの良い人間である。わかり合えないけれど。

「シズキくん、なら未来の不安ついでにですけれどー」

突然ミコさんの声のトーンが不自然に一段階上がった。

「うわ、絶対仕事の話の入りだ」

ミコさんはくふふ、と小さく笑い、中空から現れた書類を差し出してきた。

「魔法協会への所属なんてどうですかー？　進路、決まってないんですよねー？」

34

校庭に出ると、冷気が一気に襲い掛かってきた。

周囲を見渡すと、ヒバナは体育館前の小さな階段に座っていた。声をかけようとして息を吸い込んだ瞬間、階段に物憂げな姿で座り込むヒバナに見惚《みと》れた。彼女はナース服の上に一枚羽織って、袖を通していない両手に息を吐きかけていた。

「ヒバナ！」

ヒバナは猫のように背筋を立てた。

びくっと動いた背骨から遅れて顔が上がり、肩から流れる髪を背中側に戻すように身動《みじろ》ぎする。それから僕の方を見て一瞬嬉《うれ》しそうに目を細めてから、咳払《せきばら》いし、すぐに俯《うつむ》いた。

「……ちょっと。『ナギ』って呼んで。周囲に人いるわよ」

「みんな気にしていませんよ」

彼女は半分腰を浮かせて隣に座れる場所を作る。「隣いいですか」、僕の声掛けに彼女は「ん」とだけ答えたので、僕は冬服の裾を腰から太ももにかけて包み込むように手でまるめて、彼女の隣に座った。

「すいません、色々あって。終わりの挨拶は大丈夫でした？」

「大丈夫じゃないわよ！　委員長がいないだけでもう滅茶苦茶《めちゃくちゃ》。終わりの挨拶はシズキくんにやらせようって声も多かったのだけど、シズキくんまでいないし！　今は指示系統がダメになっちゃってて、忙しいはずなのにやることがないのよ……。で？　どこ行ってたの？」

不満げに口をとがらせる彼女に僕は今までの経緯を説明しようとした。かくかくしかじかで……と口を開いたとたん、ヒバナに手で制された。

「あっ、ちょっと待って！　つもる話の前に、何か言うことがあるんじゃない？」

手を前に突き出した「待て」の張り手。ヒバナはその手の向こう側で、何かを期待するような顔をしている。

「言うこと？」

「服！」

服？

ヒバナは羽織っている上着をややはだけさせて、胸を強調するように突き出した。白く凹凸のあるナース服と、細いウェストが調和している。

「ナース服ですね」

「………………」

ヒバナは不満そうだ。

「あぁ！　似合ってますよ。ヒバナの線の細さが美しく引き立てられています。それにこの服は首が長く見えるからですかね、小顔になりました？　ヒバナの楚々《そそ》とした出《い》で立ちで過度に性的でなく、ミステリアスで男を手玉に取るような蠱惑的《こわくてき》な魅力がありますね。つい見惚《みと》れました」

「……ん」

ヒバナはやっと口元に笑みをこぼして、それから上着を羽織り直す。僕の評価はヒバナ嬢のお気に召したようだ。もしかしてだけど、このファッション感想会は毎回やることになるのかな……。

「シズキくんがどうしても見たいって言ってたから。寒かったけれど、着ていてよかったわ」

「あ〜」

見られないのが残念だ、と言った記憶はある。どうしてもとは言っていないけれど、僕はとりあえず微笑《ほほえ》んだ。

「それで、何があったの？」

やっと聞く耳を持ったらしいヒバナに、僕はことの経緯を説明した。今まで起きた出来事――委員長が魔物化し、僕が破壊したこと。

「シズキくん、大丈夫……？」

ヒバナに不安そうに覗《のぞ》き込まれ、両手で僕の手を包まれた。彼女の手は温かくて、自分の手がずっと冷えていたことにやっと気が付いた。

「え、えぇ……何のことでしょう」

「シズキくんが……その……魔法で……委員長を」

ぐっと、ヒバナの方に抱き寄せられた。

そして、頭を撫《な》でられた。

「……無理はしないでね」

「もっと無理するべきでした。結果的には」

「それでも……思いつめないで」

僕はヒバナの手から離れ、気恥ずかしさを覚えながら微笑《ほほえ》んだ。

「嬉《うれ》しいです。しばらく頭を洗いたくないぐらいです」

「誤魔化《ごまか》さなくていいから」

ヒバナに強い口調で言われる。ちょっとミスったようだ。

「辛《つら》かったでしょう？」

「いえ」

平気です。そう言おうとして――恐ろしくなった。

実際、僕はもう、半分ぐらいは平気なんだ。

魔物といえど委員長を殺したのに切迫する感情が過ぎ去ってしまっている。委員長の笑顔を思い出してみる。悲しいはずなのに、悲しいという感情とそれを見つめる僕自身が乖《かい》離《り》している。

そうだ、僕は魔物を殺して、役に立つ。魔法を使って世界に役立つことを証明するんだ。魔法使いは世界に不要であっても、僕はこうする道を選んだ。魔物を殺すことは現代の魔法使いに求められる行為で、正しいことだ。

本当に？

失った葛藤に、何か大切だったはずのものから首に鎌をかけられている気がして寒気立つ。あるいは無理に重く考えたいだけなのか。父が死んだことに悲しみ、委員長を殺した罪で苦しみ、魔法の重みを殊更に意識し、自分にとっての辛さを追うことで不幸に浸りたいだけなのだろうか。

「……大丈夫、なんだと、思います」

なんとか、言葉をひねり出す。思考がまとまらず、口の中の音がつっかかる。

「……無理しないでね。私にできることなら、なんでも……ではないけれど、シズキくんのことは、大切に思ってるから……」

「あ、えぇ……」

言葉が思考に埋もれて上の空の返事をしてしまって、すぐに笑顔を作り直す。

「なんでもしてください。僕がオジサンになっても、セクハラに嫌な顔してください」

「嫌だし、欲望があけすけすぎるわ」

つい、また茶化《ちゃか》した。彼女の胸元から離れるとヒバナは軽く微笑んでいて、これでいいかな、という気がしてしまう。

「ヒバナ」

僕は平気に見えますか――僕は人間として大丈夫ですか――そんな風に問いかけそうになって、けれどそれを口にするのはひどく弱気でダサい気がして口をつぐんだ。

「……シズキくん？」

「なんでもないです」

「そう……私には言えない？」

僕がやたら言い淀《よど》んでいたことに何か察したのか、ヒバナはやや諦めたような、それでいて優しい微笑《ほほえ》みをしていた。

「シズキくんってたまに何か考え込むくせに結局何も言わないでしょ？　……だから、私は」

ヒバナは腰を浮かせ、僕の方へお尻を動かして近くに座った。ふとももが当たり、肩が触れ合う距離でヒバナは首をかしげて僕を見た。

「もっとシズキくんに頼られるようになるわ」

それから彼女は淀みなく口を開いた。前々から考えていたことなのかもしれない。

「私、シズキくんに頼られるようになりたい。シズキくんは人のことばかり考えているのでしょう？　自分が誰かを助けたいなんて理由をつけているだけで」

「そうでもないですよ」

さっきも自分のことばっかり考えていた気がする。基本的に軽口と笑顔で余裕ぶっているだけなのだ。

「私だって、シズキくんを支えたいって思うの。それにシズキくんは私を気長に待っているなんて、ずいぶん余裕があるみたいだから。その余裕も崩したいわ」

ヒバナは薄く微笑んだ。自身の美しさがわかっているかのようなミステリアスな微笑みは彼女の魅力を増す。ヒバナは狙ってこんな笑みができるのか、と少しドキッとした。

「私、もっとちゃんとするから。シズキくんはこれから魔法協会に入るのでしょう?」

「なんで知って……ってデジャブですね」

「ごめんなさい。盗み聞きしたわ」

例の猫耳の力だろう。ヒバナに隠し事はできない、と僕は胸に刻んだ。

「……まだ決めてはいません」

下駄箱《げたばこ》でのミコさんとの会話を思いだした。魔法協会に入らないか、と書類を見せてきたミコさん。もし入れば、僕はヒバナを魔法使いにした過去を持ちながら魔法使いを取り締まる立場になるのだ。

ヤンキーたちの顔が浮かぶ。協会に入れば、もっと多くの人間を僕自身の手で傷つけることになるかもしれない……。

「シズキくんはきっと協会に入るわよ。それでまた、きっと大変なことになるの」

「嫌なこと言いますね……」

わかっていることでも他人に言われると気分が暗くなる。魔法使いの重ねた罪、そして委員長のこと。全て一生ついてまわる負い目だろうけど……。

「じゃあ明るいことを言った方がいい? 全部上手《うま》くいく、って。これからは全部いいことが起こるって」

「ヒバナにイイことしてもらう、ぐらいの約束なら信じます」

「ならしましょうか？　イイこと」

ヒバナは平坦《へいたん》な声色のまま言った。

つい首を大きく動かして彼女の顔を見た。少し恥じらったように俯《うつむ》きながらも、彼女の瞳は真っすぐで、冗談を言っているようには見えなかった。

「私は、シズキくんの安心できる場所になりたい」

彼女の顔が近づいてきた。息が、熱が今までにないぐらいに近づき。

そっと、オレンジジュースの風味が柔らかく唇に触れた。

「……だから、待たせたりしないから」

目の前のヒバナの上目遣い。驚きと、胸の高鳴りで動けなかった。

キスをされた。

自分の口に触れると、驚くぐらいに熱を持っていて柔らかく甘い匂いが残っていて、心臓が激しく鳴るもんだからつい胸を押さえた。なぜ人類がきゅんときた時に胸を押さえる仕草をしていたのか、今、理解できた。

「……は、初めては、僕からしようと決めていたんですけれど」

僕は舞い上がっている自分を知りながらも、できるだけ優しくヒバナの白い頬《ほお》に触れた。

びくりと動くヒバナは潤んだ瞳ながら拒む様子がない。

彼女は僕の顎の下を持ち、お互いの肌の上を手が這《は》うさわさわとした感覚を繰り返してから、愛《いと》おしい温《ぬく》もりに口を近づけた。

キスをしてから、顔を見合わせる。ヒバナも耳まで真っ赤だった。

「……いいことだって、あるわよ」

ヒバナは愛おしい顔で微笑《ほほえ》んだ。その顔を生涯忘れることはないだろう。たとえ、この瞬間は熱に浮かされただけのものであっても。

これから大変なことになるのだろう。僕もヒバナも。

ただし、少しはマシになる気がした。

あとがき

ここまでお疲れ様です。作者の茶辛子《ちゃがらし》です。

情熱というものは突飛だなぁ、と思います。

小学校時代、毎日塾に通っていたのに突然来なくなり、怖い友達と付き合い始めたイケメンな男の子。社会人の友人が「仕事がどうしても嫌で」とマクドナルドに駆けこみ突然電話をかけてきたこと。他人の不合理な行動を見ていると、相手も人間なのだと実感できて嬉《うれ》しくなります。

私にも覚えがよくありますが、人間が不合理な瞬間は、パッと光る怒りのような熱で全ての理屈が繋《つな》がり判断を下しているつもりでも、後から冷静になれば自分の行動の辻褄《つじつま》が合わなくなる。あると思います。常に冷静でいたいものですが、あんまり冷静でもつまらないせいで、面倒臭いです。

この前巻「エンバーミング・マジック」の一巻につきましても、光る熱病の悪癖が出ているんじゃないかと内心冷や冷やしていましたが、もし一人でもここを読んでくださっている方がいるのなら、情熱も良いものだと思います。一人も読んでいなかったら作者は一人で笑っています。以上、こんじょーの話でした。

そんな根性系ジュブナイル、「エンバーミング・マジック」二巻は如何《いかが》でしたでしょうか。

今回も可愛《かわい》らしくキャラデザを仕上げて下さったカラスロ先生に謝辞をお送りします。ノベルとがるがビジュアル化されてとても嬉しいです。私の夢の一つはオリジナルの外ハネ美少女を作り上げることだったのですが、それが果たされて感無量であります。カラスロ先生、ありがとうございます。

また、相変わらずお世話になりました編集様、大量の誤字を修正してくださる校正の方々、この作品に携わった方々に感謝をお送りいたします。ありがとうございます。

さて好き勝手に書かせていただきましたが、実はこの話は二巻で完結です。最終巻らしい気配が少ないにもかかわらず、出版の事情で突然の終了になってしまったことをお詫《わ》び申し上げます。ここまで読んでくださった読者の方々には感謝を送ると同時に、新規キャラ等のお話を回収できなかったご無礼をお許し頂きたいです。

最後まで読者の方々を振り回してしまいましたが、愛想を尽かしていませんでしたら、いつか別のタイトルでお会いしましょう。

またお会いできると嬉しいです。作者の茶辛子でした。

MF文庫J

エンバーミング・マジック2
青春を殺す魔法

2025年 3月25日 初版発行

著者	茶辛子
発行者	山下直久
発行	株式会社 KADOKAWA 〒102-8177 東京都千代田区富士見2-13-3 0570-002-301（ナビダイヤル）
印刷	株式会社広済堂ネクスト
製本	株式会社広済堂ネクスト

Printed in Japan　ISBN 978-4-04-684639-6 C0193

【 ファンレター、作品のご感想をお待ちしています 】
〒102-0071 東京都千代田区富士見2-13-12
株式会社KADOKAWA　MF文庫J編集部気付「茶辛子先生」係　「カラスロ先生」係